Einzug in die Stille

Erzählung

Marko Ferst

Edition Zeitsprung

Der Mensch liebt es, nur sein Unglück zu beachten, sein Glück aber zu übersehen. Würde er aber richtig sehen, so würde er erkennen, daß ihm beides beschert ist.

Fjodor Dostojewskij

Einzug in die Stille

Erzählung

Marko Ferst

Bibliografische Information durch die Deutsche Nationalbibliothek: Die Deutsche Nationalbibliothek verzeichnet diese Publikation in der Deutschen Nationalbibliografie; detaillierte bibliografische Daten sind im Internet über http://dnb.d-nb.de abrufbar.

© Edition Zeitsprung, Berlin 2021
ISBN 9783752638998

Gestaltung und Foto auf dem Cover: Marko Ferst

Sabine Naumann, York Freitag und Heike Koall ist für ihre Unterstützung zu danken.

Herstellung und Verlag: BoD – Books on Demand, Norderstedt

Angelika lernte Schneiderin, einen Beruf den sie mehr ergriff, weil sie etwas auswählen mußte, als aus wirklichem Interesse. Sie konnte darin bestenfalls Mittelmaß an Geschick erreichen. Der Betrieb, in dem sie nach der Lehre arbeitete, stellte ein Sortiment an Bekleidung her, das sich nur schwer in die Lieferketten, die nun westdeutsch geprägt waren, plazieren ließ. Die technische Ausrüstung und der bauliche Zustand mußten veraltet genannt werden. Zuweilen munkelte die Chefin von Investoren, die vielleicht Interesse hätten, doch jede konkrete Absicht zerschlug sich binnen weniger Wochen. So schloß die Produktionsstätte anderthalb Jahre nach der 89er Wende ihre Tore für immer, und Angelika und alle anderen Kollegen wurden an die frische Luft der freien Marktwirtschaft gesetzt. Wie die Dinge lagen, blieb Schneiderei im allgemeinen ostdeutschen Niedergang ein wenig gefragter Job und zeigte sich überdies als uneinträglich. Arbeitsamtsflure lernte Angelika zur Genüge kennen. Geschleust wurde sie durch wenig sinnvolle ABM-Maßnahmen, Beschäftigungstherapie. Neue Arbeit fand sie später immer nur für ein, zwei Jahre, dann ging die Formularbürokratie von neuem los.

Während ihrer Lehre knüpfte sie Kontakt zu einer Arbeitsgruppe Archäologie. Zufälle spielten eine Rolle, ihr damaliger Freund kannte jemanden, der ihr den Kontakt vermittelte. Schon in der Schulzeit interessierte sie sich für frühe Grabanlagen und die Geheimnisse jahrhundertealter Gemäuer. Buch um Buch zu archäologischen Themen gesellte sich in ihrer kleinen Wohnung dazu, mit dem sie mehr Wissen über Ausgrabungen und ihre Ergebnisse anhäufte. Praktische Erfahrungen kamen durch die Hobby-Archäologen und ihre Kontakte wie Ausgrabungen vor Ort hinzu.

Da die Spur der Arbeitslosenzeiten über die Jahre nicht abreißen wollte und als ihr erneut eine Kündigung übermittelt wurde, wuchs der Zorn, aber auch die Einsicht, man müßte sich noch einmal anders einrichten in diesem Leben. Herbert, einer der ältesten und erfahrensten unter den Hobbyarchäologen, meinte: „Warum studierst du nicht in Köln, du bist intelligent, du kannst das!"

Dank seinem Rat und seiner Kontakte, stellte sie sich in der Fakultät vor, wurde angenommen und zog ein halbes Jahr später in die Rheinmetropole. Das Studium schaffte sie mit Bravour. Zuverdienste in Gastwirtschaften sicherten ihr neben dem Bafög die Existenz. Doch auch mit erfolgreichem Diplom flogen ihr Arbeitsmöglichkeiten nicht ohne weiteres zu. Sie zog zurück in die ostdeutsche Provinz, ein Fehler gewiß, aber sie wollte auch ihren Freund Henrik, den sie vor zwei Jahren im Ort ihrer Eltern kennengelernt hatte, nicht länger mit Wochenendbesuchen vertrösten. Sie zogen zusammen in eine eigene Mietwohnung, richteten sich ein und begannen ihr gemeinsames Leben.

Im Jobcenter hatte man nichts Besseres zu tun, als Archäologie mit Besenkenntnissen in Verbindung zu bringen. Man drückte ihr einen Ein-Euro-Job auf, verbunden mit der brieflichen Drohung die spärlichen Tantiemen zu streichen, wenn dem nicht Folge geleistet würde. Konnte man voraussetzen, daß Frau Pöhnl vom Hartz-IV-Amt Ahnung davon hatte, wozu ein Archäologie-Studium befähigte, gerade frisch diplomiert? Aber vielleicht hätte der Geist doch reichen können für ein persönliches Gespräch? Wozu die Mühe! So durfte sie den örtlichen Friedhof von Laubresten und anderem Unrat befreien und auch den einen oder anderen Straßenzug vom Winterstaub. Archäologische Funde ließen sich so eher nicht orten. Zu denken gab dagegen anderes. Dem festangestellten Mitarbeiter für technisch-praktische Arbeiten in der Gemeinde wurde mit den drei neuen Billigarbeitern die Arbeitszeit gekürzt. Dank Hartz IV durfte dieser nun nur noch sechs statt acht Stunden für die Gemeinde tätig sein und mußte mit weniger Geld für sich und seine Familie auskommen.

Die amtliche Rechnung ging für Angelika nicht auf, ging sogar so gründlich schief, wie sie es sich nicht hätte vorstellen können. Einst verfehlte sie auf der Leiter eine Sprosse und stürzte nach unten. Die Brüche am Fußknöchel heilten nicht gut und manches Zipperlein blieb dauerhaft Gast. Mitunter gerieten Wanderungen zu weit und zeitigten Folgen. Jetzt in Fegekünsten gefordert, meldeten sich diese unschönen Begleiter schmerzstark. Und sie verschwanden nicht wie sonst, sondern sie blieben. Irgend etwas riß in Knöchelhöhe tief innen. Sie hinkte und es hörte nicht auf, wurde von Tag zu Tag schlimmer. Erst in der Folgewoche, viel zu spät, reagierte sie auf diese innere Verletzung. So beendete sie ihre jüngste Karriere mit einem Krankenschein. Frohen Mutes wurde sie bei

Orthopäden und Chirurgen vorstellig und als nach vielen Wochen ein erstes MRT vorlag, attestierte man ihr, alles sei in Ordnung, sie solle mal schön konservativ den Fuß beüben. Operation wozu? Ihr war längst klar, ohne operativen Eingriff konnte in dieser Situation nichts mehr ins Lot kommen.

Angelika suchte sich neue Heilkundige, doch immer wieder hörte sie nur ratlose oder gar wenig hilfreiche Auskünfte, währenddessen sie bereits an zwei Stützen ging. Sie hatte sich ihre uralten Stützen vom Dachboden der Eltern heruntergeholt. Ein Chirurg verstieg sich zu der Frage: „Warum gehen Sie nicht arbeiten?"

Einmal ging sie einkaufen, nur wenige Meter zu Fuß. Schon ein halbes Jahr zog sich ihre Schmerzodyssee hin. Unterwegs merkte sie währenddessen, sie schafft den Weg nicht mehr zurück. Sie rief zu Hause an und ihr Freund Henrik holte sie ab. Doch jetzt brach in ihrer gesundheitlichen Lage ein viel gewaltigerer Damm. Am Abend wollte sie einen Brief an eine Freundin weiterschreiben, doch sie konnte sich überhaupt nicht mehr konzentrieren. Schon nach wenigen Minuten brannte und glühte ihr Kopf, als ob sie in einen Fiberzustand hineinschriebe. In der Nacht zog sich etwas vom Fuß bis zu den Knien hinauf, etwas wie dünne heiße Stäbe auf beiden Seiten des Fußes, hinter den Knöcheln beginnend. Selbst Schlaftabletten konnten keine Nachtruhe anstoßen. So ging das drei, vier Tage, bis sich die Lage etwas entspannte. Doch der Vorfall webte sich in den ganzen Körper hinein. Die Konzentration blieb schwer gestört, ein Romméspiel zu Silvester im Kreise der Familie gab sie entnervt auf. Sie merkte, wie beim Lesen der regionalen Tageszeitung öfter die Hände zu zittern anfingen.

Über drei Jahre ihres Studiums hinweg besuchte Angelika in Köln wöchentlich einen Französisch-Sprachkurs. Auch nach ihrem Studium nahm sie noch einmal an einem Intensivkurs teil, eine komplette Woche lang. Einen weiteren Abendkurs brach sie kurz vor Ende ab. Sie konnte ihre Füße nicht mehr stillhalten, und gerade bei schwierigen Grammatikübungen hebelte ihr Nervensystem sie geradezu aus. Sie sah, wie sehr sie sich damit selbst schädigte. Mit der Lehrkraft sprach sie über das Problem, hielt noch ein paar Wochen durch und sah dann ein, so ging es nicht. Den Kurs fortzusetzen wäre ein Martyrium.

Einige Monate waren ins Land gezogen und es kam noch schlimmer. Es geschah während eines Krimis, er verlief ungewöhnlich spannend: Genau das schien das Verhängnis heraufzubeschwören. Plötzlich konnte sie weder sitzen noch stehen. Irgend etwas stach in einer Tour an der unteren Wirbelsäule. Spannungsketten zogen sich durch weite Teile des Körpers. Bei einem Gespräch im Einkaufszentrum tippte sie mit beiden Krücken ständig auf den Boden und hob sie wieder an, um sich überhaupt unterhalten zu können, die völlig unnatürlichen Reaktionen des Körpers zu entspannen. In der Notaufnahme des Krankenhauses wartete sie später drei lange Stunden lang. Mehr als Psychopharmaka fiel der Ärztin nicht ein. Zwar ergab das eine „Achterbahnfahrt" besonderer Art, aber leider keine Hilfe. Die Fahrt zum Krankenhaus war sinnlos, überdies gefährlich in ihrem Zustand. Auf dem gelben Zettel las sie später die Diagnose Panikattacke, deren psychologische Hintergründe sie im Internetlexikon Wikipedia nachlas und zu dem Schluß kam, damit hat es ganz sicher nichts zu tun.

Der Vorfall engte ihren Spielraum weiter ein. Ein Rockkonzert, das sie mit ihrem Freund Henrik besuchte, mußte sie fluchtartig verlassen. Er zeigte sich wenig begeistert davon: „Das wird immer toller mit deiner ominösen Krankheit", rief er ihr wütend hinterher. Noch Tage danach ließ er sie seinen Unmut über das geplatzte Konzert spüren. Keine drei Lieder konnte sie im Radio noch hören, dann fing ihr Nervensystem an, den Aufstand zu proben, und der ging jedesmal eindeutig zu Lasten der Delinquentin aus. Spannende Filme wurden nun vollends zum Problem. Bewerbungen schrieb sie längst nicht mehr, denn ihr war klar, in diesem Zustand ließ sich daran nicht im Traum denken. Wenn wir gerade von Träumen reden, selbst in diesem Zustand in der Nacht träumte sie sich mit Stützen inzwischen. So weit hatte sich das Problem bereits in die Schichten ihres Unbewußten eingelagert.

Von ihrer Hausärztin lieh sie sich in ihrer Not ein dickes Buch zur Anatomie des Fußes. Selbst Koryphäen in der Charité, die ihr im Netz empfohlen wurden, und die sie schon im ersten halben Jahr besuchte, erwiesen sich nicht als rettende Idee. In seiner ersten Untersuchung prüfte Dr. Boak gewissenhaft mit einem zweiten Arzt, wo sich die Ursache für ihre Beschwerden verbergen könnte. Es schien keine Anhaltspunkte zu geben. Nur die beiden Knochen des Unterschenkels waren durch den früheren Unfall über dem Gelenk ein stückweit mehr als üblich zusammengewachsen. „Daran würde man nicht viel ändern können", ließ der Arzt wissen. „Das wächst wieder zusammen, wenn man es trennt." Sie übten sich in Ahnungen, leiteten aber keine rettenden Schritte ein. Ein zweites MRT durchgeführt vom gleichen Krankenhaus wurde empfohlen. Dabei hatte sie so sehr gehofft, wenigstens hier könnte ihr geholfen werden. Nachdem sie die Klinik verlassen hatte, rollten ihr Tränen übers Gesicht. Doch welche Brücke zu ihrem früheren Leben damit zugleich einstürzen sollte, ahnte sie noch nicht. Die letzte Chance vor dem Showdown der Chronifizierung wurde vergeigt. Als sie beklommen mit dem zweiten MRT, ebenso befundlos, einige Monate später aufkreuzte, schmiß der Arzt sie kurzerhand aus seinem Untersuchungszimmer.

Unzählige Orthopäden hatte sie inzwischen konsultiert. Daß es keine Erklärung geben sollte dafür, warum sie bis zum Ende ihres Studiums noch laufen konnte, wenig später nach einschlägigem Einsatz am Ende nur noch der Gang an zwei Krücken blieb, und ein Chirurg und Orthopäde nach dem anderen an der Aufgabe scheiterte, kam ihr wie ein Alptraum vor. Noch unergiebiger verliefen Besuche bei Neurologen, dennoch wurde bei einem eine kleine neurogene Veränderung in einem der Fußnerven gemessen, viel später noch weitere Nervenabschnitte mit leichten Unregelmäßigkeiten lokalisiert. Nur wußte niemand dieser Weißkittel damit etwas anzufangen. In einer Reha-Einrichtung, in der ihre Tante zur Kur weilte, studierte sie den komplizierten Knochenaufbau des Fußes am plastischen Modell, einem Knochengerippe, eine Pflegerin verschaffte ihr Zutritt.

Immer klarer wurde ihr, selbst wenn sie schon viel früher ärztliche Hilfe konsultiert hätte, es wäre nichts zu retten gewesen. Der Raum ohne Erkenntnis, war selbst bei so dramatischer Zuspitzung der Lage, ausbruchssicher. Schon als der dreifache Bruch des Knöchels viele Jahre zuvor heilen sollte, tat er dies nicht so wie üblicherweise vorgesehen. Viel länger mußte sie sich krankschreiben lassen und auch danach schmerzte auf der Arbeit das Gelenk beständig. Jahre später bei einer Tageswanderung auf den Gipfelketten entlang des Gardasees in Italien schlackerte etwas im Knöchelbereich. Für rund 20 Minuten nahm sie das besonders deutlich wahr, es verlor sich und kam später wieder. In Köln, wo sie nebenher als Kellnerin arbeitete, drifteten ihr die Laufwege oft genug in schmerzrelevante Zonen. Einmal im Urlaub an der Ostsee unternahm sie eine lange Strandwanderung bis zum nächsten Ort. Im weichen Sand sackte der Hacken tief ein. Dieser Effekt sorgte dafür, daß sie in Graal-Müritz keine drei Schritte mehr schmerzfrei vorankam. Für die Rücktour mußte sie den Bus nehmen. Als sie zwei Tage später das Schiffahrtsmuseum in Rostock besuchte, kam sie kaum die Treppen hinauf, so schmerzte das Gelenk. Kurze Zeit später löste sich alles in Wohlgefallen auf. Doch längere Wanderungen stellten sich seitdem generell als Problem heraus. Was immer Angelika bewogen hatte, die Inlineskater ihrer Freundin Cindy auszuprobieren, die Folgen für das Gelenk machten ihr endgültig klar, irgend etwas war nicht in Ordnung.

Heute wurden ihr kleinste Hausarbeiten zu einer Anstrengung, die den ganzen Tag nachwirkten. Oft verbrachte sie den Tag lesend im Bett. Was sollte sie anderes tun? Die Kräfte reichten nicht für mehr. Henrik war genervt, weil sie sich nur um das Notwendigste kümmerte und alles andere liegen blieb. Noch weniger gefiel ihm, Angelika wohnte in den Nächten erotischen Ausflügen eher leidend als mit Leidenschaft bei. Sie schien nur noch ein Schatten der Frau zu sein, in die er sich vor drei Jahren verliebt hatte. Im Sommer entschwand er deshalb immer häufiger zu seinem Segelclub.

Der geplante Urlaub im Schwarzwald war zunächst um ein Jahr verschoben worden. Als im Folgejahr wiederum nicht daran zu denken war, fuhr Henrik mit einem Freund allein und wanderte mit ihm die geplanten Strecken, besuchte viele Ausflugsziele. Mummelsee, das Hochmoor der Hornisgrinde und der Bismarckturm standen an einem der Sonnentage auf dem Plan, so wie etliche andere Routen

Angelika hatte traurig gemeint: „Fahr nur mit Christoph, ich wäre für dich ohnehin nur Ballast. Was soll ich allein im Zimmer der Herberge? Ich könnte kaum die Brötchen am Morgen vom Bäcker holen. Das ergibt keinen Sinn, so gerne ich mitkommen wollen würde. Du weißt, wie sehr ich Wanderungen durch die Natur geliebt habe."

Einmal nahm sie an einer wissenschaftlichen Tagung von Archäologen teil. Anstrengend genug, das durchzuhalten, jedoch am nächsten Tag litt sie unter einer infernalischen Erschöpfung, mußte im Bett bleiben und brauchte mehrere Tage, bis sie sich davon erholte. Ein anderes Mal stritt sie mit ihren Eltern, was nun werden solle, ein Wort steigerte das andere. Sie hätte es lassen sollen. Über Wochen hinweg glühte ihr Kopf, brannte mitunter wie Säure unter der Haut. Immer neue Schübe wurden ausgelöst, wenn sie glaubte, das Gröbste überstanden zu haben.

Sie wußte, wenn sie diesem Körperterror nicht auf die Spur kam, das konnte niemand zwei oder drei Jahre weiter durchhalten. Keiner kann verlangen, so meinte sie, daß man einer solchen Quälerei standhält. Wenn es ihr nicht gelänge, diesen Kokon aufzubrechen und endlich die richtigen medizinischen Schritte eingeleitet würden, dann war sie verloren. Sie fing an sich Bücher zu besorgen, die sie unbedingt noch lesen wollte, bevor die letzten Dinge erledigt waren. Immerhin, es waren noch etliche Bücher auf dem Stapel, die sie zu lesen gedachte, und tatsächlich würde keines von ihnen umsonst gekauft worden sein. Sie wollte mit sich versöhnt scheiden von dieser Welt. Sie konsultierte eine Psychologin, aber wie konnte sie ihr helfen, in einer so abgründigen Schieflage? Sicher vermochte die Aussprache, der Dialog, neue Sichten öffnen, doch änderte es nichts an der Quelle des Notstands. Immer öfter wurde das Bett ihr Refugium. Nein, ihr war klar, sie würde kämpfen, doch wenn auf Dauer keine Linderung erreichbar war, dann war es wohl besser zu gehen. Eine bittere, sehr schwierige, aber bei kritischer Zuspitzung vermutlich klare Entscheidung.

Den Pulsadern freien Blutlauf zu verschaffen, sie erschrak vor jenen Schnitten und den Folgen. Das kam nicht in Frage. In ein nahegelegenes Naturschutzgebiet mit fast ursprünglichem Wald, eine Insel, nur irrgartengleich mit dem Boot zu erreichen, das konnte sie sich schon viel eher vorstellen. Kein Spaziergänger würde hier Zeuge werden im Paradies für Füchse und Vögel. Der Strick an einem starken Ast würde ihr die Arbeit abnehmen. Doch will man gern so vorgefunden werden?

Zudem, Tod ist Tod und so leichten Fußes läßt es sich nicht ins Jenseits schweben. Überhaupt liebte Angelika Gewalt nicht und, wie sie in diesem Gedankenstrom kreisend feststellte, auch sich selbst gegenüber wollte sie möglichst keine anwenden. Ein Besuch im alpinen Nachbarland, gereicht ein Trunk, diese Variante ließ sie aufleben. Alles war geregelt, niemand müßte mit der unliebsamen Überraschung behelligt werden, über den Fakt an sich hinaus. Sie beschäftigte sich mit dem, was dort möglich war. Freilich, so sehr viel gaben die Webseiten nicht preis, und kostenintensiv ist so eine sanfte Form des Reisens ins Vergessen auch, speziell wenn eigene Kontostände stark limitiert sind. Überhaupt schien der Zugang dazu mehr einer Odyssee zu gleichen. Nur schwer würde sie beweisen können, wie sehr sie litt. So blieb desweiteren der Abzweig Schlaftabletten. Nur welche böten die Gewähr, auch dort anzukommen, wo die Route hinführen sollte? Sie würde keineswegs auf halbem Weg umkehren wollen. Angelika sah der Sache scharf ins Angesicht. Sie wollte kämpfen für sich, für ihre Gesundheit, ja sie wäre bereit, bis zum Alleräußersten zu gehen, um wieder in ein normales Leben zurückzufinden, doch einer endlosen, sinnlosen Quälerei wäre sie bereit, den Garaus zu bereiten, so ihr Fazit.

Am Ende des Sommers stellten sich dann kleine Erfolge ein im großen Desaster. Fast halbierte es den extremen Schmerz, der sich hinter dem Außenknöchel manifestierte und der wie in einem Strich von zwei Zentimeter Breite bis zur halben Wade hochzog, seitlich leicht nach außen gebogen. Zuvor konnte sie kaum noch auftreten, beim Schlafen legte sie den Fuß immer seitlich auf eine zusammengelegte Wolldecke, anders war es nicht aushaltbar. Mydocalm hieß das Medikament, Angelika war Frau Dr. Elsner sehr dankbar. Endlich etwas Taugliches. Alles, was sie zuvor bekommen hatte, erwies sich als völlig wirkungslos.

Amineurin, einige Monate später, warf sie zunächst völlig aus der Bahn, aber zwei, drei Monate darauf konnte sie wieder Briefe schreiben. Die Konzentration blieb gestört, doch das ganze Syndrom wurde etwas besser in Schach gehalten. Jene Tabletten wiesen nicht nur segensreiche Wirkungen auf, Angelika hatte sie zu hoch dosiert zu Beginn, nicht langsam die Dosis erhöht, sie wußte nicht, daß dies nötig sei. So schlief sie zwölf Stunden und mehr am

Tag, gerade Linien bekamen plötzlich einen Knick. Mitunter nickte sie drei Stunden nach dem Aufstehen wieder ein, konnte sich nicht halten. Als sie später die Dosis deutlich senkte, blieb eine gewisse Müdigkeit erhalten, allein sie verschlief im Monat dennoch summiert zweieinhalb volle Tage, die vorher nicht nötig waren. Aber im Tagesalltag fiel dies nicht mehr auf, sie gewöhnte sich daran, so war es eben. Aber der gewonnene Spielraum gab ein Stück Lebensmut zurück. Wie immer Dr. Mosler darauf kam, es war die richtige Entscheidung. Oft waren es zufällige Tips von Leuten, die gute Ärzte kannten, die der Aufklärung zugute kamen.

Jedoch ihr Freund Henrik hatte von dem ganzen Theater so langsam die Nase voll. Er wollte eigentlich mit ihr eine Familie gründen, auf Kinder kam das Gespräch. Angelika wehrte ab: „In diesem Zustand ein Baby, bitte, wohin soll das führen? Ich habe doch schon Mühe, die Wäsche gewaschen zu bekommen."

Irgendwann sah Henrik es ein, diese Mauer konnte er nicht überwinden. Als Angelika ein Wochenende bei ihren Eltern verbrachte, räumte er alle seine Utensilien aus der gemeinsamen Wohnung, ließ nichts zurück. Er wollte einen Neuanfang, aber nicht mit dieser Frau.

Schon zuvor flammten depressive Muster bei Angelika auf. Jetzt brannte ihr Kopf nur noch. Nichts half dagegen. Schutzlos war sie den aufreibenden Nervenkräften ausgeliefert. Die Krankheit und die brüchige Stimmung verwoben sich zu einem Teufelskreis. Wie sollte man auch leben mit einem Körper, der irregeleitete Schmerzsignale produzierte? Es war eine Erlösung, als sich die Situation nach vielen Wochen beruhigte.

Doch es mußten Entscheidungen getroffen werden. Sie gab die Wohnung auf und zog zu ihren Eltern zurück. Angelika versuchte, die alte Tapete im Zimmer von den Wänden herunterzureißen. Wasser und Spachtel sollten schwierige Stellen lösen. Doch mit dem alten Kleber haftete das Papier nach wie vor äußerst hartnäckig. Nur mühsam ließen sich kleine Flächen lösen. Enorme Anspannung blieb erforderlich, um voranzukommen. Angelika unterschätzte, wie das Ganze wirken würde. Es dauerte nur eine dreiviertel Stunde, das Abendbrot unterbrach das mühsame Geschäft für eine Weile. Später setzte sie ihre Arbeit noch ein wenig fort, bis sie kapitulierte. Am folgenden Tag konnte sie sich sparen, aus dem Bett aufzustehen. Es war völlig unmöglich länger zu sitzen oder sich gar auf den Beinen zu halten. Die infernalische Erschöpfung schlug so heftig zu, auch am nächsten Tag hielt sie an, bis sich am dritten Tag diese brutalen Klammern wieder zu lösen begannen. Ihr Vater renovierte ihr das Zimmer in dem Anbau und organisierte mit einem früheren Arbeitskollegen den Umzug.

Schon in den ersten Monaten empfahl man ihr, in einer Beratungsstelle für Arbeitslose Schwerbeschädigung zu beantragen und das Merkzeichen G, weil sie kaum noch laufen konnte. Ähnliches legte ihr die Behindertenbeauftragte des Landkreises nahe. Doch das Merkzeichen G war die Brandenburger Behörde für Soziales und Versorgung nicht bereit auszustellen, und 40 Prozent Schwerbeschädigung sollten reichen, nachdem der Widerspruch eine Erhöhung von 30 auf 40 Prozent erbrachte.

Mit 50 Prozent Schwerbeschädigung wäre eine bessere Sicherung gegenüber gesundheitlich unzumutbaren Arbeitseinsätzen, die die örtliche Hartz-IV-Behörde anordnete, möglich. Sicher, im Praxistest hätte sich sehr schnell gezeigt, wo die Belastungsgrenzen der Delinquentin lagen. Unkalkulierbare Achterbahnfahrten konnten folgen. War das Nervensystem erst einmal destabilisiert, ließ es sich nur mühsam über viele Tage hinweg allmählich in die gewohnten Bahnen zurückleiten. Zu wenig Schlaf, Hitze, Streß, Anstrengung oder Anspannung und andere Faktoren hielten aber noch ganz andere Überraschungen parat.

Eigentlich konnte sie es nur eine törichte Idee nennen, es schien ihr unmöglich. Das geht sowie so nicht, sagte sie sich. Das hältst du nicht durch. So wartete sie über Monate und entschied sich immer wieder dagegen. Im Blick hatte sie eine Ausstellung im Martin-Gropius-Bau, gezeigt wurden „Ägyptens versunkene Schätze". Nur noch zwei Wochen blieben ihr, sie sich anzusehen. Und wenn es nun aber doch ginge? Sie zweifelte an ihren Kraftreserven dafür. Die Wege, die zu absolvieren sein würden, gerieten eindeutig zu lang. In einem Akt von Übermut sagte sie sich, vielleicht gelingt es aber doch. Ohnehin, wer weiß, wieviel Zeit mir noch bleibt, ob es da nicht lohnte, noch mal etwas zu wagen, etwas verrückt – gut. Sie rief an und fragte nach, ob es denn möglich sei, einen Rollstuhl zu bekommen und zu welcher Zeit. Im zweiten Anlauf gelang es, die Zeit für das Gefährt zu vereinbaren. Angelikas Zweifel blieben, ob das gutgehen konnte, denn die Anfahrt zuvor wollte ebenso durchgehalten werden.

Vor Ort im Martin-Gropius-Bau meldete sie sich, doch die rollende Hilfe ließ auf sich warten, war noch vom Vornutzer in Beschlag. Sie verschwand in eine ruhigere Ecke und las. Die Sache zog sich hin, erst eine Stunde später konnte die Rundfahrt beginnen. Fahrstühle geleiteten ins richtige Geschoß. All die zahlreichen Ausstellungsstücke wurden von einer Expedition aus Wassertiefen vor Ägyptens Küste geborgen. So auch der Koloß des Gottes Hapi mit seinen fünf Meter vierzig Höhe aus rotem Granit. Einst stand er vor einem Tempel, dem Besucher zugewandt, zuständig für Fruchtbarkeit mit seinem steinernen Opfertisch, den er trug. Beheimatet in Heraklion an einem der Mündungsarme des Nils, wurden die zerborstenen Teile wieder zusammengefügt. Einst lag dort für zwei Jahrhunderte, schon vor unserer Zeitrechnung, Ägyptens wichtigster Seehafen. Heute befindet sich die Stadt zehn Meter unter dem Meeresspiegel, das Ufer einige Kilometer entfernt.

Besonders fielen Angelika zwei schwarze Zwillingsstelen mit ägyptischen Hieroglyphen auf, Zeichen des ältesten bekannten Schriftsystems, technisch perfekt gemeißelt und außerordentlich gut erhalten. Pharao Nektanebos I. dekretierte dort einen Zehnten zugunsten des Tempels von Neith, Steuern für Waren, die eingeführt wurden. Die Fassungen der beiden Stelen unterschieden sich leicht, etwas, das für die Wissenschaft interessant ist, so häufig kommt dies nicht vor. Eine der Granittafeln stammte aus Thonis-Heraklion, die andere aus Naukratis.

Angelika bugsierte sich mit ihrem Rollstuhl durch die Räume, doch so leicht ließ sich damit nicht vorankommen. Eine gewisse Überbreite erwies sich als hinderlich und regelmäßig standen Besucher im Weg. Drängeln funktionierte nicht mit so einem Gefährt. In einigen Fällen blieb ihr nichts anderes übrig, als vorsichtig zu bitten, ihr etwas Platz einzuräumen. Als unpraktisch erwies sich, viele Schaukästen befanden sich über Hüfthöhe, und wollte sie einen Blick erhaschen, blieb ihr nur die Variante Giraffenhals. So anstrengend hatte sie sich das nicht vorgestellt. Um die Ausstellung zu besichtigen, vermutete sie anderthalb Stunden zu brauchen, vielleicht auch etwas mehr, doch geschlagene vier Stunden sollten sich summieren, bis sie wieder draußen war. Immerhin, unzählige Exponate konnte sie in Augenschein nehmen von Steinsskulpturen, über Goldmünzen, Schmuck, Amphoren, Silberschalen, Helmen, Bronzelampen, Statuetten und dergleichen mehr, das meiste durch die Expedition vom Meeresgrund geborgen.

Allerdings wich gegen Ende des Besuchs jegliche Fähigkeit zur Konzentration, eine infernalische Erschöpfung stieg in ihr empor, sie hatte es im Sitzen bei der Lenkerei mit ihrem Rollstuhl wohl registriert, doch die effektive Ablenkung ließ es nicht so gewaltig erscheinen, wie es sich hernach herausstellte. Ihr fiel überdies auf, die Geräuschkulisse, das Murmeln der Leute in etlichen Sälen schien das Problem mit befördert zu haben. Jedenfalls war ihr klar, in diesem extremen gesundheitlichen Zustand durfte man ein solches Experiment nicht wiederholen.

So trat sie in angeschlagenem Zustand den Heimweg an, nachdem sie sich abseits mit eingesteckten Käsestullen und Wasser gestärkt hatte. In Königs Wusterhausen angekommen mit der S-Bahn, war sie zuvor schon zeitweise durch starke Schwäche weggesackt. Sie fuhr mit dem Regio weiter, doch der Busanschluß in ihr Dorf klappte nicht. Er kam nicht. Sie war am Ende ihrer Kräfte. Ein Taxi zu nehmen, das würde ihr für die lange Strecke viel zu teuer werden. In einem abseitigen Park fand sie eine Holzhütte, beplankt mit armdickem Rundholz, innen eine lange Sitzfläche. Sie legte sich hin, die Jacke als Kissen. Für heute ging für sie die Welt unter. Sie fiel binnen Minuten in einen tiefen Schlaf, früh würde sie den ersten Bus nehmen.

***

In Sachen Schwerbeschädigtenausweis ließ sie sich von einer Rechtsanwältin beraten. Diese machte ihr auch klar: „Wenn Sie irgendwann daran denken sollten, Rente zu beantragen, dann wäre es hilfreich, eine höhere Schwerbeschädigung zu erstreiten. Mitunter kommt es bei einem Verfahren auch vor, man bekommt in dessen Verlauf mehr über die Krankheitsursachen heraus.“

Angelika dachte weniger an Rente, sondern mehr daran, daß die Ärzte endlich ihren Job machen sollten. Längst war sie zur Reisenden von einer Praxis zur nächsten geworden. Es folgte dann die Klage vor dem Sozialgericht. Nach immerhin anderthalb Jahren durfte sie sich einer Gutachterin vorstellen. Angelika hatte über die Zeit zwar einiges an Befunden zusammengetragen, doch die eigentlichen Quellen dieses Ungetüms lagen noch immer im dunkeln. Da Gutachter nur schreiben, was sie auch sehen können oder ihnen von anderen Vertretern des medizinischen Personals vorexerziert wurde, stellte die gute Frau Franke die behördlichen 40 Prozent Schwerbeschädigung in Frage und votierte auf 20 Prozent. Dies genüge völlig, schrieb sie in ihrem Wisch und sortierte eine medizinische Belanglosigkeit an die andere, die fachliche Kompetenz vortäuschen sollte, den eigentlichen Ursachen jedoch keinen Schritt näher kam, nicht näher kommen wollte. Als ein zweiter Gutachtertermin angesetzt wurde, schlußfolgerte Franke noch dreister: Wozu die Patientin überhaupt Stützen benötige, sei ihr nicht klar, und auch in anderen Punkten seien die gesundheitlichen Probleme nur geringergradig zu bewerten. Diese Giftschlange, dachte Angelika, und legte dem Gericht erneut ihre Sicht der Dinge im Detail schriftlich vor. Wenigstens wehren wollte sie sich schon.

Nachdem Angelika sich mehr als ein Jahr lang hatte krank schreiben lassen, sah sie es nicht mehr ein, sich alle drei Wochen bei der Hausärztin einfinden zu müssen, auch wenn diese sie ohne Kommentar, wo immer es ging, unterstützte.

Nachdem ihr Fegeeinsatz zu offenbar irreparablen Schäden geführt hatte, dachte sich eine andere Arbeitsvermittlerin, vielleicht ist die studierte Frau zu Qualifizierterem fähig. Wiederum braucht man mit ihr darüber nicht sprechen, ein Brief sendete die Vorladung ins Haus. Sie ging zum befohlenen Termin zu dem Träger, der sie einstellen sollte.

Eine freundliche Frau eröffnete ihr: „Sie sollten eigentlich einen jungen Mann regelmäßig zur Blindenschule bringen." Sie schwieg einen Moment: „Mit den Stützen sind sie der Aufgabe natürlich nicht gewachsen. Das geht nicht."

Nach der Aktion Blindenschule schrieb Angelika einen freundlichen Brief mit dem Hinweis, es sei behördliches Unvermögen gewesen, das ihre Gesundheit zu Fall gebracht habe, Vorschaden hin, Vorschaden her: Das wäre an Dummheit nicht zu übertreffen und die Hartz-IV-Behörde hätte erfolgreich fünf Jahre Studium und Abschluß zunichte gemacht für berufliches Vorankommen. Natürlich provozierte sie absichtsvoll ein wenig, sie steckte ihr Schreiben nicht in einem grauen oder weißen Umschlag, sondern wählte für Angelegenheiten der Trauer über die entstandene Lage schwarz aus. Bei der Aussprache mit der Chefin dieser noblen Einrichtung machte sie klar, was alles nicht geht, und allzuviel belehrende Worte konterte sie. Doch was konnte der Integrationsbeauftragte für Behinderte hier noch bewirken? Es war zu spät – das Kind in den Brunnen gefallen. Immerhin saß Angelika erstmals auch der Arbeitsvermittlerin gegenüber, die ihr gesundheitliches Desaster mitorganisiert hatte. Sie zog ein Gesicht, als stünde ein Weltuntergang schon unmittelbar bevor. Der Versuch, Angelika bei der Polizei anzuschwärzen, scheiterte.

Später erfuhr sie aus anderer Quelle, einer früheren Mitarbeiterin, daß die Umschlagsfarbe und der Inhalt für einen ziemlichen Blitzeinschlag von ganz oben ins Gebälk der Behörde Anlaß gegeben haben soll. Ob nur Gerücht oder Tatsache, ließ sich für Angelika nicht prüfen. Es sollte trotzdem nicht der letzte Versuch bleiben, ihr Tätigkeiten aufzudrücken. Auch dort ging sie zum angesetzten Termin, doch alsbald widerrief die Behörde die eigene Aufforderung zur Tätigkeit. Man hatte wohl zu spät bemerkt, auf welchen Pfaden man dort wandelte.

Zeichnen und Malen konnte Angelika schon zu ihrer Schulzeit exzellent. Als sie in die Lehre ging und im Internat untergebracht war, besuchte sie eine Ausstellung mit Ölbildern, auf der ein örtlicher Künstler seine Werke präsentierte. Wie sie erfuhr, leitete er in der Stadt auch einen Kurs, in dem er sein Wissen an Jüngere weitergab. Er selbst mit seinen langen, weißen Haaren mochte die Siebzig damals schon überschritten haben. Etliche Male war sie zusammen mit anderen bei ihm zuhause gewesen. Die damals gemalten Motive bewahrte sie noch heute in einer Mappe auf. Wohl hatte sie auch später vereinzelt zum Pinsel gegriffen, aber während der Studienzeit in Köln geriet ihr Hobby gänzlich aus dem Blick.

Einmal zu Besuch bei ihrer Oma in Thüringen, war auch ein Junge zugegen, entfernte Verwandtschaft. Das hatte mit Halbbrüdern zu tun, ihr waren die Verknüpfungen nur rudimentär bekannt. Jedenfalls malte der Junge und es ergab sich, sie half ihm dabei ein wenig. Ob es diese Begebenheit auslöste oder eine Dokumentation über Malerei im Fernsehen – genau ließ sich nicht nachvollziehen, warum sie eines Tages aus einem Schrank der Baukammer ihres Vaters ihre Malkiste wieder hervorholte. Nicht alle Tuben erwiesen sich noch als brauchbar, aber die neuen Pinsel, die sie zu ihrer Lehrzeit gekauft hatte, ließen sich nutzen. Manches erwarb sie neu. Nie zuvor war sie auf die Idee gekommen, imposanten archäologischen Stätten mit Ölfarben neue Gestalt zu geben. Sie legte sich zwei gebrauchte Bücher zu, die vorgaben, Rüstzeug für Ölmalerei in petto zu haben. So entstanden im Laufe der Jahre einige Bilder, deren Kunstanspruch durchaus etwas gehoben wirkte. Einige Motive konnte sie einmal sogar in einer Ausstellung in Potsdam zeigen, etwas, womit sie nie gerechnet hatte. Daraus ergab sich später eine Art Auftragswerk, sie stellte sich dem und lieferte. Die 300 Euro konnte sie gut gebrauchen. Leider blieb dies eine einmalige Quelle. Auch durfte man die Stunden der Arbeit nicht wirklich hochrechnen. Immerhin taugte dieses Hobby dazu, ein paar helle Striche in ihre düstere Schmerz-Wirklichkeit zu plazieren.

Einmal unterwegs, ein kurzes Stück mit dem Bus, fing sich in Angelikas Kopf alles an zu drehen. Sie hatte im Bus eine alte Schulfreundin getroffen, sich mit ihr angeregt unterhalten. Alsbald merkte sie jedoch, wie etwas die eigenen Kräfte aus dem Körper sog. Beim Aussteigen kam sie ins Wanken. Cindy fragte: „Ist alles in Ordnung?"

„Ich werde mich auf den Rasen setzen. Das geht gleich wieder vorbei", erwiderte sie und strebte geradewegs dorthin und ließ sich nieder. Die Schulfreundin fand, daß Angelika blaß aussah.

„Das kommt manchmal vor, daß der Kreislauf nicht mehr mitspielt. Ein paar Minuten, dann geht das wieder."

Plötzlich wurde das Drehen immer schlimmer. Angelika schloß die Augen. Nach einer Weile schaute sie sich um und erspähte auf der gegenüberliegenden Straßenseite eine Parkbank.

„Ich denke, wir sollten mal versuchen, die Bank dort drüben zu erreichen. Wenn ich mich ein paar Minuten hinlege, wird es vielleicht besser. Es ist doch heftiger als sonst."

Cindy nahm ihren Rucksack und stützte sie, half ihr über die Straße.

Als sie lang ausgestreckt auf der Parkbank lag, ließ das Drieseln etwas nach. Doch es ging ihr nicht gut und Erholung kam nicht in Sicht. Im Gegenteil, plötzlich stand sie auf und mußte sich übergeben. Als sie wieder lag, meinte Cindy: „Soll ich den Rettungswagen rufen?"

„Nein, laß mal, die können mir sowieso nicht helfen, nicht bei dieser Krankheit! Wenn sie irgendwas spritzen, weiß ich nicht, wie das wirkt. Ich reagiere auf alle möglichen Medikamente seit einiger Zeit allergisch."

Es mochte eine halbe Stunde auf der Parkbank vergangen sein, doch ihr Zustand wurde nicht besser. Sobald sie sich aufrichtete, fing sich wieder alles an zu drehen. Sie dankte Cindy, die solange bei ihr ausgeharrt hatte, obwohl sie sicher anderes vorgehabt hatte. So fiel der Entschluß, den sie zuvor schon besprochen hatten.

„Ja, am besten ist es wirklich, ein Taxi zu rufen, das wird hier nicht besser. Dann kann ich mich zu Hause hinlegen und bis morgen wird sich das sicher wieder einpendeln."

Natürlich wußte sie, die letzten beiden Tage agierte sie zu hektisch, hatte laut, bei einer Gelegenheit länger und kräftig gesprochen und zu wenig Schlaf bekommen. Diese Mixtur brachte sie vermutlich zu Fall. Alsbald fuhr das hellgelbe Taxi vor und brachte sie nach Hause.

Nachdem Angelika wohl zehn oder zwölf Orthopäden oder Chirurgen ihre Aufwartung gemacht hatte, Röntgenbilder und zwei MRTs keine Indizien lieferten, kamen auch Angelika Zweifel, gleichwohl sie als anatomisch Halbwissende sich ziemlich sicher war, im oberen Sprunggelenk die zentrale Schmerzquelle identifiziert zu haben. Wenn aber die weißen Wissenden derlei so vehement abstritten, schien es ihr klug, zudem alternative Erklärungsansätze in Augenschein zu nehmen. Sehnenscheiden und Sehnen lagen zumindest recht nah an jenem Schmerzherd, völliger Ausschluß schien nicht geraten, doch wußte sie, der Schmerz liegt eigentlich etwas tiefer. Dazu kam ein Tip von einem entfernten Bekannten auf eine Frau Dr. Stiegler in Berlin, die Orthopädie, Rheumatologie und in alternativmedizinischen Fakultäten als Fachfrau galt. Sie prüfte den Gedanken mit den Sehnenscheiden, untersuchte, konnte aber keinen Verdacht auf verklemmte Sehnen oder verletzte Sehnenscheiden bestätigen. Jedoch veranlaßte sie ein drittes MRT aus anderer Blickperspektive. Nun läßt Archäologie nicht auf chirurgische Messerkünste schließen, schon aber auf Sachverstand mit verborgenen Rätseln. Nach dem dritten Getacker des Magnetresonanztomographen zeichnete sich jedoch sehr deutlich eine Nekrose im oberen Sprunggelenk ab, quasi ein Loch, von dem man vermuten konnte, es ist mit scharfen Kanten versehen und wenn das Ganze beim Laufen sich bewegt und mit dem Körpergewicht belastet wird, ist zwangsläufig mit viehischem Schmerz zu rechnen. Warum die chirurgische Zunft jenseits der schwarz-weißen Bildformate derlei Option nicht vermutet hat, blieb Angelika ein schleierhafter Befund. Ja, bis zur Verstocktheit hin weigerten sich die Spezialisten zur Kenntnis zu nehmen, daß die Patientin die Fußschmerzen nicht halluzinierte. Einmal begleitete ihre Mutter sie sogar, um zu bestätigen, ein sehr ernstes Problem läge vor. Nun sah diese selbst, mit welcher Logik ihre Tochter ein ums andere Mal abgeschoben wurde.

Nur ein einziger Arzt kam mit einem lapidaren Satz daher, den Angelika allerdings nicht deuten konnte, weil sie nicht wußte, wie Arthroskopie zu übersetzen sei, und gerade um den Überweisungsschein für den Großspezialisten Boak rang, den sie unbedingt dem Arzt entlocken wollte, hatte er doch bislang bei vorhergehenden Terminen keine Anstalten gemacht, medizinisch Farbe zu bekennen. So ging die, wenn auch klitzekleine Chance verloren, denn der Mediziner wiederholte seine Avancen nicht, sondern schickte sie in die Sackgasse der Neurologen. Ungünstig zudem, der Arzt wähnte sich bei der Behandlung immer wie auf der Flucht, Geschwindigkeit bei der Behandlung ging über alles.

Trotz gefundener Ursache zog es sich ein halbes Jahr hin, bis ein Krankenhaus gefunden und die Hürden der Überweisungsschein-Bürokratie überwunden waren, um endlich arthroskopisch-praktisch zu Potte zu kommen. Es keimte die Hoffnung auf in Angelikas Horizonten, sollte die Rückkehr zu einem halbwegs normalen Leben möglich sein? Doch was war das, was mit ihrem Nervensystem Pingpong zu spielen schien? Konnte man auch das besiegen damit? Da lag ihr Zweifel näher, und ansonsten hielt sie sich mit Teetrinken, Abwarten und Ruhe bewahren über Wasser. In der Zeit nach der Operation, wo der Fuß nicht den Boden berühren durfte, schienen auch die schikanösen Nervenkräfte, die ihr den Alltag vergällten, weniger aggressiv zu werden. Doch die schöne Blase der Hoffnung zerplatzte, sobald sie wieder mit zwei Füßen durch die Welt gehen sollte. Es blieb bei den zusätzlichen zwei Hilfsbeinen.

Was hatte das Ganze nun gebracht? Sechs Monate später wollte sie es genau wissen, nicht nur durch sporadisches Probieren, sondern unbestechlichen Härtetest. Also ging sie in den Wald hinter dem elterlichen Grundstück, schlug einen idyllischen Weg ein. Dann nahm sie beide Stützen in die Hand und lief ohne sie, nur auf ihren zwei Beinen, langsam, aber zielstrebig, völlig ungewohnt für sie. Derartige Tapserei lag vor dem Eingriff völlig im Reich der Phantasie, zwanzig Meter und spätestens dann kippte ihr der Fuß weg. Selbst einst bei kurzer Fahrt mit Henriks Auto konnte hin und wieder eine Pause nötig sein, entweder weil der Kopf rebellierte oder der Fuß vom Gasgeben genug hatte und schmerzte. Hier nun mögen erstmals fünfhundert Meter zustande gekommen sein ohne das Signum des Behindertseins, aber von barrierefrei konnte keinerlei Rede sein. Es fühlte sich an wie ein Fünfzehn-Kilometer-Gewaltmarsch, kein Freibrief für Touren, die ohne die Stützen mit ungewissem Rückweg auch nur in Erwägung zu ziehen wären. Wesentlich unangenehmer geriet der Nachschlag dieses kleinen Ausfluges. Fast eine ganze Woche glühte ihr der Kopf wie eine Herdplatte, an Tätigkeiten mit Konzentrationsbedarf war nicht zu denken, die angegriffenen Nerven spielten ihr eigenes Spiel. Musikhören fiel gänzlich aus. Nur dank höherer Amineurindosen gelang es, den neurologischen Brandherd auszutreten.

So blieb das Fahrrad die erste Wahl bei dörflicher Einkaufstour. Warenwaggons erwiesen sich als keine Option, die den Rucksack hätten bei der Versorgung mit Lebensmitteln ablösen können. Nun, sie wurde nicht als diebische Elster gebrandmarkt, die Gehhilfen flößten Respekt ein, und kein Filialleiter kam je auf die Idee, ihr Sicherheitsmänner auf den Hals zu schicken. Nur einmal echauffierte sich ein älterer Herr: „Was treiben Sie denn da, holen Sie sich gefälligst einen Einkaufswagen."

Angela brubbelte zurück, wie das denn gehe solle, und wandte sich ab.

Eines Sommerabends rief Cindy bei ihr an. „Hast du nicht Lust, für ein paar Tage mit an die Ostsee zu kommen? Die Wetterprognosen könnten besser nicht sein!", meinte sie. „Wir sind schon zu sechst und du könntest bei uns im Auto mitkommen. Was hältst du davon?"

„Wo genau wollt ihr denn hin?"

„Ach, Insel Usedom, auf den Zeltplatz in Stubbenfelde, ist super dort. Das liegt ein wenig im Wald, direkt am Meer."

„Na, warum eigentlich nicht? Ein kleines Zelt habe ich. Ihr meint, ihr haltet mich aus?"

„Wir werden schon ein Auge auf dich werfen, daß du uns nicht abnibbelst."

„Gut zu wissen."

Angelika überraschte die Einladung. Cindys Freund Robert, und auch die anderen vier stammten ebenfalls aus ihrem Ort. Cindy und Angelika spielten schon im Kindergarten gemeinsam mit der Puppenstube. Sie besuchten dieselbe Klasse und verloren sich nie ganz aus den Augen.

Bisher kannte Angelika Usedom nur von dorther eingetroffenen Postkartengrüßen. Sie erinnerte sich an einen Urlaub mit den Eltern, wo sie auf der Halbinsel Darß in Prerow Quartier bezogen hatten. Damals war sie noch ein halbwüchsiges Mädchen, das erste Mal am Meer. Durch die Malaise mit dem Fuß hatte sie Urlaubswünsche einstweilen hinten angestellt. Seitdem Henrik sie verlassen hatte, fehlte ihr ein Auto, an einen Neukauf war nicht zu denken. Das gab das Behördengeld nicht her. Reisen mit der Bahn und schwerem Gepäck, das fiel ebenfalls aus, weil es nicht ging. Und vor Ort wäre man eng ans Quartier gefesselt. Was sollte das werden? In dem Jahr, als es passierte, wollte sie eigentlich erstmals London besuchen. Solche Pläne ließen sich vermutlich nie mehr realisieren. Ihr schien, das würde nur eine Quälerei werden.

Zwei Tage später saß sie schon im Auto, wurde chauffiert, mit kurzem Zwischenstop, Kaffee aus Thermoskannen. Am Nachmittag kamen sie in Stubbenfelde an. Beim Aussteigen roch man schon die frische Seeluft. Bald waren die Zelte aufgebaut, die anderen halfen ihr mit dem ihren. Freilich, ihr Radius blieb am Ort eng beschränkt, die Treppe zum Meer eine mühsame Barriere. Angelika berichtete Cindy und Robert Erlebnisse aus ihrer Zeit in Köln, und die beiden wußten Pikantes aus ihrer Arbeitswelt beizusteuern oder Anekdoten aus dem Verwandtenkreis.

Hier im Ostseewasser probierte sie zum ersten Mal aus, ob sie eventuell wieder schwimmen konnte. Der erste chirurgische Eingriff ins Gelenk war schon länger verheilt, nun stellte sich heraus: Sie blieb wieder über Wasser und gehörte nicht länger der Kategorie der Nichtschwimmer an. Alle früheren Versuche, mit nur drei Gliedmaßen zurechtzukommen, zeigten ihr bei Schiffbruch wäre sie jämmerlich ertrunken. Nun schwamm sie mit Robert etwas weiter hinaus. Ihre weiße Haut hatte in kurzer Frist eine leichte Bräune bekommen.

Am letzten Abend fuhren sie zusammen an einen einsamen Strandabschnitt. Geeignete Stellen hatte man schon tags zuvor ausgekundschaftet. Als die Abenddämmerung einsetzte, fachten sie ein kleines Lagerfeuer an. Robert und andere hatten trockene Äste und Zweige herangeschafft. Das reichte als Flammenzehrung bis weit nach Mitternacht. Bratwurst brutzelte auf einem Grillrost.

Als es kühler wurde, hüllten sich Cindy und Angelika gemeinsam in eine Decke. Ununterbrochen rauschten die Nachtwellen heran. Weit entfernt peilte ein Leuchtturm seinen Lichtstrahl übers Wasser. Der Strandhafer flüsterte, einstweilen schienen die Möwen verstummt.

***

Sie hatte also gewonnen und verloren. Niemand hatte jedoch bislang herausgefunden, welch heimtückische Folgekrankheit sich in ihrem Körper eingenistet hatte. Bislang mochte sie über die Jahre an die fünfzig Heilkundige verschiedenster Ausrichtung aufgesucht haben, aber es machte sich nur versammelte Ratlosigkeit breit.

Es ergab sich, daß ihre Rechtsanwältin Frau Römer sie in ihre Kanzlei bat, sie besprachen das weitere Vorgehen, denn die Brandenburger Behörde erwies sich als sehr unnachgiebig, immer darauf bedacht, das Verfahren in die Länge zu ziehen, und nie verlegen darin, der Delinquentin Gründe zur Last zu legen, weshalb sie sich unrechtmäßig das Merkzeichen G und fünfzig Prozent Schwerbeschädigung erschleichen will. Daß sie vor den hohen Toren dieses Etablissements gar schriftliche Widerrede wagte, scheint wie Hefe gewirkt zu haben, beim Bereiten medizinischer Fallstricke, um die Klägerin in die Knie zu zwingen.

Die Rechtsanwältin, recht unterhaltsam berichtend von früheren Erlebnissen an der Druschba-Trasse und kundig im sozialen Untergrund der Gesellschaft und ihrer Verwerfungen, wußte einmal auch von einem Fall zu berichten, den sie vor Gericht vertreten hatte. Sie erzählte von einer älteren Frau, auf ihrem Stuhl in der Kanzlei konnte sie sich nicht konzentrieren und nickte gelegentlich kurz ein.

„Und wissen Sie, Frau Hanschke, diese Frau hatte eine sehr merkwürdige Krankheit. Es handelte sich um Fibromyalgie. Haben Sie davon schon einmal gehört? Befassen Sie sich mal mit diesem Krankheitsbild. Ich würde vermuten, Sie könnten daran erkrankt sein. Muß nicht sein, aber es könnte. Schauen Sie sich das einfach mal an."

Angelika erwiderte nach einigem Innehalten: „Also ich habe von dieser Krankheit noch nie gehört. Ich werde mich damit beschäftigen und das prüfen."

Das tat sie auch, wühlte sich im Internet durch die verschiedenen Erklärungsansätze, etwa der Deutschen Fibromyalgie Vereinigung oder Wikipedia, wägte hin und her, wagte aber keine Schlüsse. Bei ihr kamen die Veränderungen des Zustands sehr schlagartig, wenn auch in zwei Stufen, während ihre Netzquellen von einem allmählichen Prozeß der Verschlimmerung sprachen. Überdies schien das Krankheitsbild hochkomplex, die Ausprägung konnte individuell sehr verschieden ausfallen. Sie kam mit diesem eigentümlichen Syndrom nicht weiter. Auch übersah sie, es gab zwei verschiedene Formen und jene zweite kann zum Beispiel aus Knochenschäden herrühren.

Ein dreiviertel Jahr später, es ging gerade darum, Knorpel auf die zugewachsene Nekrose zu transplantieren, trieb sich Angelika in einem Internetforum herum, wo auch andere mit Gelenkschäden zu Wort kamen, und sie stellte die Frage nach dem, was die nicht behandelte Nekrose an Folgeproblemen hinterlassen hatte. Dem operierenden Orthopäden fiel dazu auch nichts ein.

Siehe da, in der von ihr angestoßenen Diskussion tauchte eine Gesprächspartnerin auf. Sie meinte, wenn sie zum Einkaufen geht, könne sie sich manchmal nicht mehr erinnern, wo sie zuvor ihr Auto abgestellt habe. Auch in ihren Zeilen tauchte wieder dieses vertrackte Wort Fibromyalgie auf. Auf Grund von Angelas Beschreibung der Symptome würde sie darauf tippen. Sie riet ihr, die Bücher von Dr. Thomas Weiss zu lesen.

Natürlich hatte Angelika den Hinweis ihrer Rechtsanwältin nicht vergessen, und nun dieser erneute Fingerzeig. So bestellte sie sich von dem Experten dieser ominösen Krankheit das aktuellste Werk und vertiefte sich in dessen Studium. Drei, vier weitere Bücher anderer Autoren ließen sie im Laufe der Zeit langsam klarer sehen. Zwar beobachtete sie Erlebnisse, die auf beginnenden Alzheimer oder etwas hinreichend ähnliches schließen lassen könnten, bei sich selbst noch nicht. Was gemeint sein konnte, wurde ihr aber zwei, drei Jahre später klar, als sie sich plötzlich an den Namen ihrer vorjährig geborenen Nichte im Gespräch nicht mehr erinnern konnte, obwohl sie sie häufiger sah. Mitunter fehlten ihr Worte, die eigentlich nicht fehlen durften. Zum Glück blieb dies aber ein marginales Phänomen.

Jedenfalls gilt das Fibromyalgie-Syndrom als ein Chamäleon unter den Krankheiten. Erniedrigte Reizschwellen, Hörempfindlichkeit, schnelle Erschöpfbarkeit, Schlafstörungen und viele andere Effekte können bei dieser Krankheit zutage treten. Angelika überlas auch das wichtigste Übel nicht. Das Ganze galt als unheilbare Angelegenheit, und damit lag nun ein Urteil im Raum, das ihr förmlich die Luft zum Atmen nahm. Darüber konnten die kleinen Ratschläge, wie man mit diesem treuen Phänomen im eigenen Körper umgehen sollte, nicht hinweghelfen. Dank Dr. Mosler nahm sie bereits das Standardmedikament bei Fibromyalgie. Zu ihrer Verblüffung hielt dieser hilfreiche Arzt bei einem Termin Jahre später diese Krankheit für eine Fata Morgana.

„Fibromyalgie, das gibt es gar nicht", kommentierte er kurz angebunden. Nur, wenn man es genau nahm, hatte er ihr womöglich das Leben gerettet mit jenem besagten Amineurin. Es verzögerte, daß der Kopf bei geringstem Anlaß sofort heiß lief.

Im Sommer stand der 60. Geburtstag ihres Vaters an und der sollte einer Waldgaststätte am See, genannt „Luisenhain", groß gefeiert werden. Alles, was Verwandtschaft hieß, kam zu diesem Fest angereist, selbst Freunde aus dem Stuttgarter Raum. Nicht eine Wolke ließ sich am Himmel entdecken und das im Schatten angebrachte Thermometer zeigte 32 Grad an.

Für Angelika jedoch brannte sich dieser Tag als Desaster ein. Schon in den Tagen zuvor drangen martialische Ausläufer einer ausgewachsenen Depression auf sie zu, ein dunkles Gestöber, das noch die kleinste Lebensfreude auszulöschen schien. Wie Schwelbrände fraßen sie sich jeden Tag weiter. Sie kannte diese Brüder und hatte sie fürchten gelernt. Mitunter kündigten sie sich schon an, bevor sie überhaupt richtig erwacht war. So erhielten sie leichtes Spiel. Oft zog sich so eine Periode zwei, drei Wochen hin, und selbst der Krimi am Abend bot noch leicht entzündbares Material. Nicht einmal produktive Arbeiten konnten die Glut wirklich ersticken, war dies doch das Mittel, das am ehesten bessere Tage in Aussicht stellte.

Was regte diese Ungetüme an, nur gar bei einem Geburtstagsfest mit am Tisch sitzen zu wollen? Nach und nach sickerte die bei der Lektüre gewonnene Erkenntnis auch bis in tiefere Schichten des Unbewußten durch: Sie sollte bis ans Lebensende gefesselt bleiben in diesem unsichtbaren Gefängnis, gebaut aus den Tücken dieses Syndroms. Das nahm sie in Beschlag und entfaltete Durchschlagskraft. Und so ein Festessen zeigte einem auch ganz deutlich die neuen Grenzverläufe. Nach dem Kaffee und Tortenschmaus wurde Tanzmusik eingespielt, über Boxen, deren Größe mit der Lautstärke in Korrespondenz standen. Schon nach wenigen Minuten flüchtete Angelika nach draußen auf eine Bank am Eingang der Gaststätte, beschattet von einer hohen Kiefer. Die Tonlagen zehrten längst an ihrem fragilen Nervenkostüm, sie hatte keine Wahl mehr. Musik und Gesprächslärm schafften kombiniert eine toxische Atmosphäre. So traf man sie nicht mehr auf der Feier selbst. Dennoch blieb sie nicht gänzlich allein, immer mal wieder leistete ihr jemand Gesellschaft oder sie lauschte einem Zwiegespräch.

Sie selbst redete nur wenig. Zum Abendbrot suchte sie den Saal wieder auf und war danach erneut schnell verschwunden. Bis nachts um zwei lief die musikalische Begleitung mit nur wenigen Pausen. Angelika schlief da schon in ihrem Bett. Um halb zehn, als die Kinder mit Autos nach Hause gebracht wurden, meldete sie ihren Bedarf nach einem Platz für die Rückfahrt an. Früher wäre dies ein undenkbares Verhalten bei ihr gewesen.

In diesen Monaten fertigte Angelika auf Wunsch ihrer Schmerztherapeutin einen Schmerzkalender an. Dieser sollte dazu dienen die Medikamente und anderen Maßnahmen zu optimieren. Auch dieser Tag fand Eingang in das Kalendarium. Ohne ihr Wissen gelangte dieses Material später in die Hände des Versorgungsamtes. Dort aber lief der Tag ganz anders ab, als sie ihn in Erinnerung und in Schmerzstärken kurz aufs Papier kartiert und beschrieben hatte. Aus dem Besuch der Feierlichkeit gerinnt in der Stellungnahme der Behörde, gezeichnet durch Frau Dr. W., ein Faktor, mit dem belegt werden könne, eine Einschränkung der Erlebnis- und Gestaltungsfähigkeit läßt sich aus versorgungsamtlicher Sicht nicht festgestellt über 20 GdB als Grad der Behinderung hinaus. Vermutlich stellte sich die gute Frau vor, Angelika hatte ein flinkes Tanzbein geschwungen und darüber hinaus gut Wein oder Schnaps gebechert und wollte hier nun Leiden vortäuschen. Soweit käme es noch! Diese Simulantin! Doch konnte behördliche Entscheidungsgewalt bei der Schwerbeschädigung und deren Graden so weit gehen, daß sich die Teilnahme am 60. Geburtstag des eigenen Vaters verbot? Im Land Brandenburg offenbar schon.

Reden wir vom Paragrafen 109 des Sozialgerichtsgesetzes. Nicht nur das Gericht konnte Gutachter vorschlagen. Die Rechtsanwältin führte ins Feld, auch wir können hier aktiv werden. Bei einem Termin suchte sie im Internet intensiv, wer hierfür in Frage käme und sich mit diesem speziellen Krankheitsbild auch auskenne. Im Verlauf des Suchprozesses tauchte ein Spezialist in Bayern auf. Angelika befaßte sich ebenfalls mit dieser Frage und stieß darauf, daß der Experte Weiss in Mannheim ebenfalls entsprechende medizinische Gutachten anbot, wie er auf seiner Webseite kenntlich machte. Eine Rückfrage ergab, man konnte darauf bauen, und so wurde der Spezialist dem Gericht vorgeschlagen, und dieses signalisierte Einverständnis.

Ein Termin wurde angeordnet, an dem Angelika in Mannheim zu erscheinen hatte. Die Kosten für Zugfahrt und preisgünstiges Quartier ließen sich von ihren Ersparnissen begleichen, nur sollte das Gutachten mit 2.000 Euro zu ihren Lasten ins Kontor schlagen, und so war Rat nötig, woher derartige Reserven zu organisieren wären. Die Grundsicherung des Amtes, die sie seit längerem statt des Hartz-Vier-Salärs bezog, konnte derlei großzügige Honorierung nicht abdecken. Überdies durften die Kontoreserven bei dieser Hilfe maximal 1.600 Euro betragen, viel weniger als zuvor. Diese Restriktion stellte sich als enorme Hürde für viele Menschen mit Behinderungen heraus. Ansparen von Beträgen auf dem Konto ging unter diesen Voraussetzungen kaum. Behinderte sind augenscheinlich weniger wert als Arbeitslose oder wie sollte man derlei Regeln sonst interpretieren, mutmaßte Angelika? Nun, wie aber sollte sie in der Kürze der Zeit diese Summe stemmen? Die Eltern halfen kurzfristig aus. Allerdings mußte sie das Geld auch wieder zurückzahlen. So beschloß sie schweren Herzens, sich von ihrer Sammlung alter Silbermünzen zu trennen. Nur einige besonders wertvolle Stücke behielt sie. Meistbietend verkaufte sie Stück um Stück, es fanden sich interessierte Käufer. Die Trauer über den Verlust wirkte sehr lange nach.

Seit dem Studium war sie nicht mehr in einem modernen ICE-Zug unterwegs gewesen. In nur wenigen Stunden ruhiger Fahrt kam sie in Mannheim an. Gepäck hatte sie kaum mitgenommen, denn sie wußte, nur wenige Kilo zuviel im Rucksack reichten aus, und sie schaffte keine hundert Meter mehr zu laufen, hatte man den Bogen überspannt. Am nächsten Morgen stand sie früh auf, ein kurzes Frühstück und los ging es auf den Stützen. Die Straßenbahn hielt direkt vor der Praxis des Gutachters. Aufregung und Anspannung vor dem wichtigen Termin hatten sich seit dem Vortag immer weiter aufgebaut, etwas Hektik kam ins Spiel, weil Fahrkarten und die richtige Linie sich nicht gleich finden ließen.

Nach der Anmeldung wechselten Wartezeiten und Untersuchungen den ganzen Tag über einander ab. In diesen Räumen wurde nicht nur begutachtet, auch die Auswirkungen der Fibromyalgie versuchte man hier mit verschiedensten Methoden zu mildern. So beobachte Angelika sehr genau, was an anderen Patienten vorgenommen wurde, soweit sie es erfassen konnte und sich aus Buchwissen überdies zusammenreimen ließ.

Die Praxisräume versorgte man sehr gut mit Wärme. Streß der Situation und die Raumtemperatur produzierten Kopfschmerzen, die immer wieder neu befeuert wurden. Sie kam sich vor wie bei einer Universitätsprüfung. Nur wurden hier nicht ihre Kenntnisse abgefragt, sondern die gesundheitlichen Mißstände kamen auf den Prüfstand. Die ließen sich, wenn überhaupt, nur schwer beweisen. Sie hatte es bei der Gutachterin Franke zweimal gesehen. Wer so taxierte, konnte aus Angelika einen fast völlig gesunden Menschen ableiten. Dagegen wäre nichts einzuwenden gewesen, wenn nicht die Lage Anlaß geboten hätte, zum Verzweifeln zu sein. Durch das Studium der Behinderungsgrade dämmerte ihr, so einfach ließen sich diese Merkmale nicht bezwingen. Die Kriterien schienen Auslegungssache, dehnbar wie Gummi. Was erst nach einem minimalen Sprung von 40 zu 50 GdB ausgesehen hatte, weitete sich jetzt zu einer riesigen Kluft.

Zweimal wurde sie auf die Laufstrecke geschickt, je 500 Meter sollten absolviert werden. Echte zwei Kilometer hatte sie in einer halben Stunde schon seit dem Ende des Studiums nicht mehr zurückgelegt, Kriterium für das Merkzeichen G. Überdies kamen Belastungstests zur Anwendung. Im Zuge dieser Messungen konnte der Arzt gravierende Leistungseinbußen attestieren, wie seinem Gutachten später zu entnehmen war. Als tückisch erwies sich im oberen Abschnitt die Wirbelsäule – eine Stelle konnte dort übel stechen. Diese revanchierte sich für Angelikas Verhalten. Ihr Hang Stützen zu nutzen, schien im Laufe der Jahre mit einer solchen Rebellion beantwortet zu werden. Nur wußte sie nie, wann die Wirbelsäule ihr Laß-mich-in-Ruhe verkünden würde. Wenn es sich kritisch zuspitzte, blieb nur seltener unterwegs zu sein, sich zu schonen.

Gutachterin Franke feuerte zum Laufen an und meinte nach fünfhundert Metern zu wissen, daß auch zwei Kilometer problemlos schaffbar seien. Angelika wußte, als die Nekrose im Gelenk noch offen war, konnte selbst der kurze Einkauf zum riskanten Unternehmen werden. Ohne Stützen knickte nach wenigen Metern der Fuß weg. Solche Nebensächlichkeiten kamen bei Frau Franke natürlich gar nicht erst in den Fokus.

Anlaß zur Sorge gab der sogenannte Ruhepuls. Die Sache flog erst auf, als eine Ärztin des Versorgungsamtes durch die Studie eine kritische Situation attestierte und wegen hochpathologischer Blutdruckwerte den Besuch beim Kardiologen dringend empfahl. Dort wurden zwar zu hohe Werte festgestellt, wie bei der Begutachtung auch, etwas Amlodipin sollte Abhilfe schaffen. Sonst aber bescheinigte der Arzt, alles sei in Ordnung. Der hohe Ruhepuls gab später erneut Anlaß zum Handeln, es wurde versucht gegenzusteuern.

Wegen des langjährigen Rechtsstreites wandte sich Angelika mit der Bitte um Unterstützung oder Rat an den Allgemeinen Behindertenverband in Brandenburg. Sie erhielt eine aufschlußreiche Antwort. Der Mitarbeiter bestätigte ihr, ihm sei die dargelegte Problematik in Schwerbeschädigtenverfahren auch aus anderen Fällen gut bekannt. Viele von ihr kritisierte Punkte teile er. Er wolle aber keine bewußte Diskriminierung und Benachteiligung von Behinderten durch Gutachten unterstellen. Er sehe aber eine ganze Reihe von Problemen in Brandenburg, die es bei derartigen Verfahren gäbe. Die Behörde beschränke sich darauf, die gesundheitlichen Verhältnisse aus ärztlichen Berichten zu erheben und auszuwerten. Das sei jedoch nur gesetzlich legitim, wenn damit ein umfassendes Bild der Einschränkungen entstünde. Dies sei häufig nicht der Fall, so der Mitarbeiter. Eine eigene Begutachtung der Behörde finde aus Kostengründen nur in wenigen Ausnahmefällen statt.

Angelika dachte sarkastisch: Wenn derartige Untersuchungen dann so aussehen würden wie die Stellungnahmen aus dem Amt für Soziales und Versorgung, die sie in Abständen erhielt, ist es vermutlich verzichtbar solche „eigenen" Untersuchungen anzusetzen, denn was sollte dabei herauskommen, außer medizinischer Scholastik? Was sich nicht messen läßt, existiert ohnehin nicht. Das denkt sich der Patient nur aus. Und da soll er mal kommen und etwas anderes behaupten. Wir lassen ihn auflaufen. Ein Kinderspiel für uns.

Der Behindertenverband monierte, die Anerkennung des Grades der Behinderung erfolge durch die versorgungsmedizinischen Grundsätze, die in der entsprechenden Verordnung zur Versorgungsmedizin veröffentlicht sind. Doch die gesetzlichen Vorgaben wiesen zahlreiche unbestimmte Begriffe auf, so zum Beispiel die sogenannte „Erlebnis- und Gestaltungsfähigkeit" oder Bezeichnungen wie „mittelgradig". Damit seien Tür und Tor geöffnet für willkürliche Einschätzungen, „Gummiparagraphen", wie der Bürger sagen würde. In den Ämtern entstehe Spielraum, der für die Beteiligten nicht mehr nachvollzogen werden könne.

Nun aber wird der Schreiber vom Behindertenverband unmißverständlich deutlich: Das Landesamt für Soziales und Versorgung Brandenburg vertrete in bestimmten Punkten eine außerordentlich restriktive Auslegung, dazu gehöre die Vergabe des Merkzeichens G. Angelika wußte, üblicherweise wird dies zuerkannt, wenn man zwei Kilometer Strecke nicht in einer halben Stunde zu Fuß bewältigen kann. Auch innere Leiden können dabei eine Rolle spielen, nicht nur der Gelenkschaden an sich.

Der Brief spielte dann noch auf die überlasteten Sozialgerichte an, weshalb solche Verfahren kaum in vertretbaren Zeitabständen entschieden werden könnten. Der Behindertenverband werde versuchen die Politik und Öffentlichkeit auch künftig auf die Mißstände hinzuweisen, jedoch seien personelle und finanzielle Kapazitäten dafür leider begrenzt.

Hatte Angelika am Anfang gedacht, man müsse nur das Gutachten der übereifrigen Entlarverin Franke ob ihres vorgetäuschten Leidens zurückweisen, sah sie im Laufe der Jahre einer wahren Hydra gegenüber, und mit jedem neuen Gutachten oder neuen amtlichen Schreiben konnte sie wiederum entscheiden, ob sie Stellung bezog und mit Worten konterte oder sich einigelte und kapitulierte. Sie fragte sich nur, was eigentlich denjenigen übrig blieb, die nicht so wie sie mit Schreiben kontern konnte?

Selbst inklusive Rechtsbeistand ließ sich dann nicht viel ausrichten. Und zudem ging es darum, was diese Gegen-Schreiberei letztlich bei ihr anzurichten vermochte. Im fortgeschrittenen Stadium der Auseinandersetzung kam es mehrfach dazu, daß sie fast abrupt abstürzte und mitunter vierzehn Tage lang mit entsetzlichen Depressionen in Kampf geriet. Emotionale Aufregung erwies sich immer wieder als Ultragift. Dagegen hatte sie keine Chance, und auch Baldrian konnte gegen diese toxischen Kräfte wenig ausrichten, hafteten sie erst einmal ihre brennenden Tentakeln auf das Opfer. Völlig aussichtslos.

In Momente, da sie sich zumindest zu einem gewissen Galgenhumor aufraffte, überlegte sie, ob sie nicht Tantiemen für ihre Wortbeiträge einfordern sollte. Immer wieder zeigte sich zum einen die kalte Bürokratensprache für einen bunten Strauß medizinischer Zustände, die für den Betroffenen nur teilweise durchschaubar war. Damit konnte man Sachverhalte sehr gut tarnen. Hatte man endlich ansatzweise begriffen, worum es ging, blieb die Schwierigkeit der richtigen Reaktion. Mal akzeptierte Amtskollegin W. die Erschöpfungszustände nicht. Dem Gutachter schienen sie unerklärlich, also existierten sie nicht. Ein gefundenes Fressen für die Behörde bei der Munitionierung im Gerichtsverfahren. Später wird sie gegen die 50 Prozent Schwerbeschädigung wettern, die Gutachter Weiss einräumte, ihre Aktenkunde würde anderes hergeben. Immer werden Angelika die heilenden Versprechen ihrer Krankenhausberichte zum Fallstrick. Alles bestens, auf dem Weg der Genesung, stand da vermerkt, obwohl davon nicht die Rede sein konnte. Immerhin hatte Schmerztherapeutin Dr. Chryssafopoulos in ihrer zweiseitigen Stellungnahme Klartext geschrieben, wie er deutlicher nicht sein konnte. Allein ihre stattliche Zahl von Diagnosen hätte stutzig machen müssen. Doch was den Behördenautoritäten nicht in den Kram paßt, das bleibt unerwähnt und ohne jeden Nutzen. Es verdämmert im Lärm der Falschaussagen.

Ein Auszug aus Angelikas Diplomarbeit, Jahre vorher geschrieben, veröffentlicht und im Internet auffindbar, gerät zum Lackmustest und stempelt sie als Lügnerin ab. Der Text beweise, sie habe noch viele soziale Fähigkeiten, sei nicht eingeschränkt. Angelikas Gangproben listete sie auf, sie seien demonstriert, sprich vorgetäuscht. Für solche Angaben beruft man sich dann schon mal auf Gutachter aus der psychiatrischen Fraktion. Da die Muskulatur ohne Seitenunterschiede ausgeprägt sei, könne nicht auf einen geringeren Gebrauch der Extremitäten geschlossen werden. Jener Vorwurf, Feiern noch besuchen zu können, motivierte sie dann zum Gegenschlag auszuholen.

Sie wartete ab, bis einige Tage aufzogen, wo es ihr besser ging als sonst. So entstand in Etappen eine Dienstaufsichtsbeschwerde. Angelika meinte, es konnte nicht sein, daß diese „Scheißbehörde" ein ums andere Mal ihr in die Seite kachelte und absehbar auch noch als Gewinner im Verfahren über sie obsiegte. Da wäre immerhin der Preis für diesen Behördensieg noch etwas in die Höhe zu treiben. Noch floß Blut in ihren Adern, noch war sie nicht tot. Und so geschah es, und kein depressiver Ausläufer vermochte sie aufzuhalten. Irgendwann konnte sie die Briefe an das Sozialministerium im Land, den Behindertenbeauftragten und den Petitionsausschuß des Landtages in den Postkasten einstecken. Daß Behördenchefin K. solche „schweren Mißstände" im eigenen Haus von sich weisen muß, liegt auf der Hand, wenn sie ihren präsidentiellen Platz behalten wollte. Natürlich lag die Schuld vollständig und offensichtlich bei der Delinquentin, und viel zu kritisch gegenüber ihren Mitarbeitern sei sie ohnehin eingestellt. Immerhin räumte sie ein, das Verfahren sei etwas lang geraten, wenn auch nicht nur durch eigenes Verschulden, und wer die Gutachterkosten übernehme, müsse das Gericht entscheiden. Eine ganz klitzekleine Schadenfreude schlich sich dann doch in Angelikas Gemüt, denn die Behördenchefin oder jene, die für sie die Briefe schrieben, durften ordentlich die Computertasten bedienen, damit auf fünf Seiten die üblichen Formalien aufgezeigt werden konnten. Selbst wenn Angelika davon nicht direkt etwas mitbekam, so ganz ohne Wirkung dürfte ihr Schreiben nicht geblieben sein.

Zwei Jahre später stieß sie zufällig auf eine kleine Notiz in der Regionalzeitung, die darüber berichtete, in Brandenburg würden sich Behinderte immer öfter gegen die Bescheide vom Amt für Soziales und Versorgung wehren. Legten 2007 noch 15 Prozent gegen die Entscheidungen Widerspruch ein, kletterte der Wert bis 2011 auf 20 Prozent, 3500 Widersprüche mehr. Auch die Zahl der Klageverfahren nahm um 400 zu. Jedes Jahr 1600 Verfahren. Angelika dachte, da liegt wohl einiges mehr im Argen in dieser Behörde, die eigentlich den Bürgern dienen und helfen solle, in einer Situation, wo sie eher eine verletzliche Position haben. Da muß die Frage erlaubt sein, meinte sie, ob hier nicht die gesamte Behörde mit ihren eingefahrenen Prozeduren auf den Prüfstand gehören.

***

Angelika wurde vor dem Weckerklingeln wach. Sie stellte ihn aus. Der Schlaf erwies sich wie oft ungenügend erholsam. Längst zogen sich viele Falten in die unteren Augenlider ein, die Augenhöhlen hatten allmählich braungelbe Färbung angenommen. Dagegen half keine speziell dafür gedachte Creme, nichts. Die Rechtsanwältin nahm sie in ihrem Auto mit zum Sozialgericht. War diese während des Gesprächs ein halbes Jahr zuvor noch überaus optimistisch, man könne den Prozeß gewinnen, so schien sie heute daran weitaus größere Zweifel zu hegen und meinte: „Ich fürchte, es wird bei den 40 Prozent bleiben." Angelika gab sich angesichts der Abläufe und Verzweigungen, die der Prozeß in den letzten acht Jahren genommen hatte, keinen Illusionen hin, sie ging seit langem von einer Abweisung ihrer Klage aus. Die Rechtanwältin hatte überdies im Vorfeld empfohlen, das Merkzeichen G zurückzuziehen, denn dies wäre weniger wichtig als die 50 Prozent.

Mit ein paar Minuten Verspätung begann die Verhandlung. Etwas unerwartet saß auf dem Richterstuhl eine junge Richterin mit ganz roten Ohren. Diese stellte sich vor, verwies auf die Beisitzer, die als Laienrichter tätig würden. „Sie kennen sich in Ihrem Fall nicht aus und werden nur verfolgen, was heute hier verhandelt wird. Meist steht das Urteil in einem Fall schon vor der Verhandlung fest. In Ihrem Fall ist das aber noch offen", dozierte sie.

Danach breitete sie all die wundersamen Befunde der einzelnen Gutachter aus, die wogen wie die Wackersteine im Wolfsbauch. Jene ärztlichen Hinweise aus anderen Quellen fanden in diese Saga keinen Eingang. Der einzige Gutachter, der Angelikas Begehr stützte, kam kurz zu Ehren mit dem Hinweis, die Klägerin weise keine Fibromyalgie auf. Bei nächster Gelegenheit hakte Angelika ein und erwiderte der Richterin: „Dr. Weiss schreibt in seinem Gutachten aber auch, die vegetativen Symptome und Störungen sowie die erniedrigte Reizschwelle weisen doch auf eine Fibromyalgie hin."

Diese erwiderte: „Ob das nun eine Fibromyalgie oder ein Schmerzsyndrom ist, spielt eigentlich keine große Rolle."

Die Richterin fragte Angelika nach ihren Tagesabläufen, die Behördenseite konfrontierte sie damit, ob bei einem der letzten Entscheide eine ordnungsgemäße Anhörung erfolgt sei. Im Verlauf der weiteren Disputation mündete alles darin, die Dinge haben ihre formelle Ordnung.

Die ältere Beisitzerin fragte: „Wie sind Sie denn zum Gutachter Weiss nach Mannheim gefahren?"

„Mit dem Zug und zum Bahnhof bin ich gefahren worden. Mit dem Auto oder dem Bus würde ich die Strecke nicht bewältigen können. Und vorher mußte ich mir sehr genau auf Googlemaps anschauen, wie man dahin kommt. Die Straßenbahn hielt direkt vor der Praxis."

Zur Sprache kam: „Auf das Gelenk kann nur ein GdB von zehn gewährt werden, denn die Beweglichkeit ist noch voll vorhanden."

Angelika konterte: „Das ist ein Grundproblem, was ich sehe bei der Bewertung. Es wird nur ganz eng betrachtet, ob sich das Gelenk bewegt, aber daß man jeden Schritt im Kopf spürt beim Laufen, der Schwindel erzeugt, einen starken Druck im Kopf und später Erschöpfung, fällt völlig durch die Roste."

Angelika vermutete, die Behörde habe nur ihre Rechtanwältin geschickt, und sei ansonsten fern geblieben. Das stellte sich später im Gespräch mit der eigenen Rechtsanwältin als Irrtum heraus. Es war eine Behördenvertreterin höchstselbst, die mit gelockten langen Haaren in Gesetzesbüchern blätterte. Zumeist verhielt sie sich auffällig ruhig.

Einmal offerierte sie: „Wir gehen davon aus, erst ab dem letzten Gutachten von Dr. Schlicht können die psychischen Einschränkungen als gegeben angesehen werden. Das haben wir auch mit unserem Anerkenntnis der 40 GdB zum Ausdruck gebracht. Für die Zeit davor sehen wir diesen Zustand als nicht gegeben an."

Die Richterin fragte Angelika: „Nehmen Sie das Anerkenntnis an?"

Sie schaute fragend die Rechtsanwältin an. „Mir ist nicht klar, was das in der Konsequenz bedeutet?"

Erst als ihr Richterin und ihre Rechtsanwältin versicherten, dies beeinträchtige nicht die weitergehenden Forderungen, stimmte sie zu.

Dispute entspannten sich um Inhalte, die die Behörde im Internet über Angelika recherchiert hatte, Aktivitäten, die zeitlich aber vor ihrer Erkrankung lagen und nun beweisen sollten, ihre Fähigkeiten seien gar nicht so eingeschränkt, wie sie vorgebe. Eine Beisitzerin klärte auf, solche Ermittlungen müsse die Klägerin hinnehmen. Bilder, auf denen Angelika noch mit dem Spaten in der Hand an einer Ausgrabungsstätte zu sehen war, wurden ihr nun so gedreht, daß ihre Körperkräfte wohl noch besser gerüstet seien, als sie einräume. Genau dort konnte die Behördenfrau einen ihrer Punktsiege verbuchen, obwohl dieser auf unwahren Fakten beruhte.

Zurückweisen konnte Angelika, sie wäre erst kürzlich von Depressionen heimgesucht worden. „Das schlimmste Jahr begann mit dem Ausbruch der Fibromyalgie. Ich hatte keinerlei brauchbare Medikamente und konnte keine zwei Absätze mehr schreiben. Zeitweise konnte ich mir nicht einmal einen spannenden Film anschauen, weil das Nervensystem dem nicht standhielt. Und das ist genau die Zeit, in die die erste Psychotherapie fällt. Vermutlich wird Gutachter Weiss nicht grundlos schon zwei Jahre früher als Gutachter Schlicht die psychischen Folgen auf 50 Prozent GdB eingeschätzt haben in seinem Gutachten."

Ihre Rechtsanwältin kritisierte, daß sich dieses Verfahren so ewig hinzog, und nannte das Verhalten der Behörde ihrer Mandantin gegenüber absolut inakzeptabel, wenn man ihren Gesundheitszustand bedenkt.

Von Zeit zu Zeit diktierte die Richterin ein paar knappe Aussagen in ihr Aufnahmegerät, rudimentäre Daten, die kaum das Wesen des Ganzen fassen konnten, ein routinierter Ablauf, so wie er von Prozeß zu Prozeß sich ziehen wird und Lebendiges in tote Gerichtsmaterie verwandelt mit Garantien für nichts. Angelika war froh, nicht in der Haut der Richterin zu stecken und sich jeden Tag von Fall zu Fall hangeln zu müssen. So schwirrte noch die ein oder andere Wortmeldung durch den Orbit des kleinen Gerichtsraumes. Dann raffte sich die Richterin auf und verkündete, daß sie sich jetzt mit den Beisitzern zur Beratung zurückziehen und im Anschluß das Urteil verkünden werde.

Wenige Minuten später öffnete sich wieder die Holztür zum Gerichtsraum und die richtenden Frauen zogen ein. Im Namen des Volkes verkündete die Richterin, was jetzt uneingeschränkt zu gelten hatte. Angelikas Aufnahmefähigkeit spielte ihr einen Streich.

In den ersten Momenten übersetzte ihr Gehirn, zu drei Vierteln bekäme sie recht und vor allen Dingen, sie müsse nur ein Viertel der Kosten tragen. Das hatte sie nicht erwartet. Erst nach und nach sickerte das logische Denken durch. Es signalisierte ihr, daß nicht die Behörde Klägerin sei, sondern sie selbst. Folglich zäumte etwas in ihr das Pferd von hinten auf. Nun erschloß sich ihr Satz um Satz, welcher Urteilszug wirklich ergangen war. Die Behörde hatte gesiegt. Nur gab es die 40 Prozent GdB nicht mehr auf den Fuß, wie am Anfang, sondern psychische Unwägbarkeiten zogen in die Schwerbeschädigung ein, und nur ein kleiner Zwerg von zehn Prozent GdB durfte fußschützend eintreten. Immerhin, mit ihrer kleinen Bosheit, die Schwerbeschädigung nur für wenige Monate rückwirkend anzuerkennen, war die Behörde nicht durchgedrungen. Doch was nützte das, wenn acht Jahre lang taktiert, gelogen und getrickst wird?

Immerhin ergab sich für Angelika noch eine Überraschung, der sie erst einige Wochen später in Briefform gewahr wurde, mit der sie überhaupt nicht gerechnet hatte. Das Gericht erstattete ihr die hohen Kosten für das Gutachten in Mannheim, denn es habe zur Klärung des Sachverhalts einen substantiellen Anteil geleistet.

***

Wenn es so etwas wie ein kleines Pflänzchen der Hoffnung für Angelikas Gesundheitszustand gab, dann speiste sich dies aus einem Buch von Professor Johann Bauer. Der sprach nämlich nicht davon, diese Krankheit sei unheilbar, sondern stellte eine Operationsmethode vor, die als neuartiger Ansatz bei der Behandlung sich auszuweisen anschickte. Mit kleinen mikrochirurgischen Eingriffen sollten Akupunkturpunkte von Eiweißbelägen befreit und die winzigen Löcher geweitet werden. So würden die elektrochemischen Signale von Punkt zu Punkt allmählich im Laufe von Monaten wieder normal gefunkt werden, die Fibromyalgie zurückgedrängt. Die sehr feinen Nerven dort würden nicht mehr kompressiert.

Er hatte vier Areale mit einer Anzahl Punkten gefunden, wo die Methode Erfolg versprechen konnte, je nach betroffenen Körperbereichen. Angelika wägte lange ab, ob es sinnvoll wäre, der Sache auf den Grund zu gehen. Sie fand sogar eine Patientin, die sich bei ihm hatte behandeln lassen und ihr am Telefon ausführlich vom Erfolg berichtete. Der Kontakt war über eine Selbsthilfegruppe zustande gekommen, der Sprecher hatte ihr den Kontakt vermittelt.

Dagegen attestierte die offizielle Medizin in ihren Leitlinien weniger Optimismus und riet strikt ab. Jedoch fiel ihr in den Ausführungen des Professors auf, er beschrieb Dinge, die in anderen Büchern nicht auftauchten und die voraussetzten, man weiß, mit welcher Art Chimäre man es hier zu tun hatte. Die Schmerzhaube am Kopf ist bei ihm präzise so beschrieben, wie sie bei ihr auftrat. Bei keinem anderen Autor, den sie gelesen hatte, konnte sie eine vergleichbar genaue Schilderung dazu finden.

Ein Fragebogen war auszufüllen, um festzustellen, welcher Quadrant des Körpers Probleme bereitete. Mit der Operation sollte in dem Bereich begonnen werden, von dem die Schmerzodyssee ausgegangen war. Genau dort begannen Angelikas Schwierigkeiten, ihr Muster ließ sich keinem Quadranten zuordnen.

Jedenfalls nahm sie allen Mut zusammen und ließ sich zunächst die Video-CD aus der Schweiz über die Methode schicken und versuchte einen Termin zu vereinbaren. Doch es kamen zwei Pfade zusammen, die sich nicht gemeinsam realisieren ließen. In Vorbereitung stand, Knorpel sollte entnommen und gezüchtet werden, so daß er anschließend in das Gelenk implantiert werden konnte. Viele Wochen mußte Angelika in einem Gehgips verbringen. Professor Bauer riet, ihr erst einmal die Ergebnisse dieser Operation ein Jahr lang abzuwarten und sich dann erneut zu melden. Wie sich nach Monaten zeigte, kassierte Angelika mit der Implantation einen Rückschlag. Das Laufen wurde eher beschwerlicher. Hatte ihr der Operateur zunächst diesen Weg empfohlen, schien er bei einem späteren Termin skeptischer. Woher hätte sie wissen können, daß die Maßnahme keine gute Idee sein würde? Hinterher ließ sich schlau analysieren, wenn das Gelenk mit Schmerz chronifiziert ist, und man auf die zugewachsene Nekrose Knorpel implantiert, verstärkt man den Schmerz. Von Lauftests ließ sich von vornherein absehen. Es kam sogar zu Vorkommnissen, wo sie ein halbes Jahr später plötzlich gar nicht mehr auftreten konnte für ein paar Stunden.

Bei der Knorpelentnahme blieb es nicht nur bei drei, vier Tagen Krankenhausaufenthalt. Nach dem Eingriff wurden plötzlich die Arme und Beine rotstichig, und die sich immer weiter fortsetzende Allergie bekam kräftige Farbe bis in lila Töne hinein. Das Ganze juckte ungemein stark. Es wurde lange gezögert, erst weitere zwei Tage später, es war Wochenende, verlegte man sie auf die Dermatologie, wo dann entsprechende medizinische Behandlung, Infusionen und Cremes zur Verfügung standen.

Angelika war nicht auf eine zusätzliche Woche Aufenthalt eingerichtet. So wurde notdürftig etwas Kleidung gewaschen. Als sich leichte Besserung abzeichnete, nutzte sie ein Zeitfenster, wo man sie nicht vermissen würde, um sich mit Stützen aus dem Staub zu machen. Mit der S-Bahn erreichte sie die Buchhandlung, der lockere Trainingsanzug war etwas ungewohnt für die Fahrt, jedenfalls als sie zurückkam, hatte sie Lektüre und damit ließen sich die nächsten Krankenhaustage viel leichter ertragen.

Auch kam es zu einer besonderen Sitzung. Vielleicht 15 oder sogar 20 Ärzte der Abteilung saßen im Kreis. Für die Patientin blieb auch ein Platz reserviert. Sodann wurden Ursache und Wirkung ihrer Allergie debattiert. So etwas hatten sie noch nie zuvor erlebt. Ein Schlagabtausch der Einschätzungen, gleichwohl deutlich sichtbar blieb, wer die Chefärztin der Abteilung war. Immerhin kam Medikament Mydocalm in den näheren Verdacht, an der Auslösung beteiligt gewesen zu sein. Ja, so eine illustere Runde hätte man am Anfang gebraucht, als ihre Erkrankung einen Arzt nach dem anderen in Unpäßlichkeit gestürzt hatte bzw. sie als Patientin häufig zur dummen Gans gestempelt wurde. Es war eine Runde, die ernsthaft auf Aufklärung bedacht war.

Um der Ursache der Allergie auf die Spur zu kommen, hätte es eines weiteren längeren Aufenthalts in ganztägiger medizinischer Obhut bedurft, aber zunächst war der Knorpel in das Gelenk einzusetzen, und sie entschied sich für Risiko. Neuerliche Hautausschläge blieben bei der Operation aus. Angelika hatte die Anästhesistin mit den Ergebnissen des letzten Eingriffs nachdrücklich konfrontiert.

Das Vorkommnis durfte jedoch nicht als Nebensache abgetan werden, denn wichtige Folgewirkungen zeigten sich erst viel später. Der Vorfall mußte im Körper etwas neu verschaltet haben. Immer weitere Medikamente zeigten Wirkungen, die sie eigentlich nicht haben dürften. Ein anderer Verdacht blieb lange unentdeckt. Gewiß, Sicherheiten ließen sich nicht pachten. Möglicherweise könnten die täglichen Clexan-Spritzen gegen Thrombose an der Sache mitgewirkt haben. Diese Überlegung kam ihr nicht ganz unbegründet, denn bei späteren Eingriffen zeigten sich wiederum allergische Effekte, wenn auch nicht in dem Ausmaß, denn schnell wurden die Spritzen abgesetzt.

Angelika las über eine amerikanische Therapie mit Guaifenesin und bekam dazu Empfehlungen aus dem Internet von anderen Frauen. Andere Zahncreme mußte beschafft werden, und eine Vielzahl von Aspekten war zu beachten, damit das Ganze wirkt. Jedenfalls nahm sie mit langsam steigender Dosis wie beschrieben die empfohlenen Medikamente. Von einer Besserung ihrer Situation konnte auch nach drei Monaten nicht ansatzweise berichtet werden. Dagegen breitete sich in Armen und Beinen Ziepen und Kribbeln aus, ein leichtes Brennen verstärkte sich mit der Zeit.

Ein bevorstehender Aufenthalt in der rheumatologische Abteilung der Schloßparkklinik in Berlin, die sich auch mit Fibromyalgie auszukennen glaubt, führte zur Beendigung der für sie nicht hilfreichen Methode. Anderen schien sie zu nutzen. Weitere Wechselwirkungen konnte sie jetzt gar nicht gebrauchen. Freilich erbrachten die Infusionen mit Navoban im Krankenhaus genauso wenig wirklich greifbare oder wenigstens temporäre Erfolge. Immerhin: Hier wurde ihr bestätigt, Fibromyalgie sei in ihrem Fall die zutreffende Diagnose.

Im Verlauf der nächsten Jahre kommen immer einmal wieder Medikationen aus unterschiedlichen Gründen ins Gespräch. Auffällig ist, Medikamente, die üblicherweise unbedenklich sind, verträgt sie nicht oder es tauchen nach zwei, drei Wochen Allergien auf oder überraschend unkalkulierbar Effekte. Erst als sie zum wiederholten Male in einem der Bücher von Professor Bauer las, stieß sie auf ein Detail, das ihr zuvor entgangen war. Unverträglichkeiten von Arzneimitteln können bei Fibromyalgien auftreten, sind in der Literatur vielfach beschrieben, steht dort verzeichnet. Dieses Muster taucht also öfter bei Fibromyalgien auf, nun wußte sie, womit sie es zu tun hat. Am Ende sah es fast so aus, als ob sie großes Glück mit dem Amineurin hatte, weil sich viele Alternativen dazu als unverträglich erwiesen. Ihr Leben hatte viel mehr am seidenen Faden gehangen, als ihr einst bewußt gewesen war.

Es kam der Tag, an dem sie den Termin in der Schweiz vereinbarte. Wie sich herausstellte, schien der Behandlungsplan des Professors dicht belegt, fünf weitere Monate Wartezeit schlugen zu Buche. Sie schätzte genau ab, welche Wege vor Ort anfielen, zum Glück befand sich die Praxis in Bahnhofsnähe und ebendort buchte sie auch ein Hotelzimmer, freilich erklommen die Schweizer Preise schwindelerregende Höhen. Ihre Krankenkasse schrieb sie an, ob sie sich vorstellen könne, die Kosten des operativen Eingriffs zu übernehmen, weil immerhin schon zuvor Kassen vereinzelt dazu bereit waren. Ihre Krankenkasse stellte sich quer und verwies auf die negative Bewertung in den Leitlinien, von der Barmer kam Unterstützung nicht in Frage.

So fuhr sie eines schönen Junitages in dem weißen Zug mit dem roten Strich in Richtung Zürich, tauschte zuvor Euro in Schweizer Franken, die Eltern hatten zum Geburtstag eine größere Summe geschenkt, so wie sie es sich gewünscht hatte. Weiter ging es bis zu einer Bahnstation in einer Kleinstadt, jetzt im Doppelstockzug in landeseigner Farbgebung. Der langgestreckter Zürichsee unterwegs, dahinter Berge bannten ihre Aufmerksamkeit. Schnell fand sie den grauen modernen Block, wo der Spezialist seine Praxis betrieb.

Zuvor war sie einem Phänomen auf die Schliche gekommen, dem sie eine ziemliche Brisanz zumaß. Im Arztzimmer bei der Begutachtung durch Thomas Weiss stand eine große Menschenfigur, auf der die chinesischen Meridiane eingezeichnet waren. Als er für eine Weile das Zimmer verließ, stand sie auf und bestaunte die Verläufe dieser Linien. Sie wußte, auch Bauers Konzepte fußten auf diesen Meridianen. Am Unterschenkel der Figur elektrisierte sie der Verlauf des Blasenmeridians. Sollte sich so das Rätsel erklären lassen, warum der Schmerzstreifen dort drei Jahre wütete, bis die Arthroskopie ihn zum Verdämmern brachte? Bei der Anatomie des Beines fand sie nicht die Spur einer Erklärung für diesen Effekt, keine Anhaltspunkte, aber der Blasenmeridian 60 bis 58 bildete genau diesen Streifen ab. Das konnte kein Zufall sein, soviel schien sicher. So lieferte das teure Gutachten immerhin einen Erkenntnisgewinn, der ihr sonst vermutlich auf immer verborgen geblieben wäre. Sie wußte jetzt, sie muß sich mit der Logik des Meridiansystems befassen, bislang hatte sie das Ganze zwar zur Kenntnis genommen, jetzt aber ging ihr die Relevanz auf.

Bauer empfing sie freundlich, ihren Erhebungsbogen hatte er bereits studiert. Er stellte Fragen, und auf der Liege tastete er ihren ganzen Körper systematisch ab. Sie berichtete von ihrer Beobachtung und äußerte den Verdacht, daß neben den Schaltstellen an Punkten, die er operierte, auch der Blasenmeridian mit verklebten Punkten im Bereich über der Hauptschmerzquelle am äußeren Knöchel betroffen sein könnte. Er holte ein Fachbuch hervor und versuchte anhand von Verbindungen im Fuß zu belegen, daß eher seine Schaltstelle die Probleme löse.

Doch die eigentliche Überraschung lag in seinem Vorschlag zur Behandlung. „Ich empfehle Ihnen, den Fuß zu versteifen." Er verwies darauf: „Nach dem Krieg gab es vielfach Spätfolgen durch Kriegsverletzungen. Dann griff man öfter zu dieser Methode."

Sofort hakte Angelika nach: „Wäre es nicht sinnvoller, ein künstliches Gelenk zu favorisieren?" Dem widersprach er. Jedenfalls schrieb er ein Formular aus, auf dem er handschriftlich fixierte, was er empfahl. Und noch einen Paukenschlag lies er niedergehen. Da behauptete er: „Bei Ihnen liegt keine Fibromyalgie vor."

Wie das? Konnte wirklich all das falsch sein, was sie bisher in anderen Büchern über die Krankheit gelesen hatte und an sich selbst sehr genau beobachten konnte? Sie ließ ihn ihre Skepsis gegenüber seiner Diagnose in diesem Punkt wissen. Zur von ihr beobachteten Schmerzhaube am Kopf meinte er: „Das kann von überall herrühren, denn die verschiedenen Meridiane treffen sich dort."

Angelika wußte, die Problemlagen des Gelenkschadens selbst hatte sie nur ungenügend im Blick gehabt, beziehungsweise ihr war nicht klar, wie all die Fakten und Veränderungen im Zuge von Operationen zu interpretieren waren. Schon ihre Hausärztin Frau Geyer hatte kurz vorher zu erkennen gegeben, sie glaubt, nur ein künstliches Gelenk könne in ihrem Fall helfen. Stark irritiert blieb sie davon, dem Spezialisten wollte so gar nichts einfallen, mit welchem Krankheitsmuster man es denn statt dessen zu tun haben sollte. Ihr dagegen schien sicher, genügend Indizien für Fibromyalgie zu haben, und daß daran auch der empfohlene Eingriff am Fuß wenig ändern würde. Ja, man ginge an den Ursprung der Schmerzen, die Folgeeffekte im Kopf, ihrer reduzierten Leistung würde man jedoch damit nicht zu Leibe rücken können. Das verstand sie sofort.

Nach dem teuren Besuch in der Schweiz blieb Angelika die schwierige Wahl, das nächste Kapitel ihrer Odyssee aufzuschlagen oder alles so zu lassen, wie es war. Sie suchte im Netz nach Quellen, die ihr Hinweise geben konnten, welches künstliche Sprunggelenk am sinnvollsten auszuwählen war oder ob es klüger schien den Fuß zu versteifen, und es fanden sich sehr bald Anhaltspunkte, die für ersteres sprachen. Sicher, sie wollte nicht vernachlässigen, die Kunstgelenke warteten mit begrenzter Haltbarkeit auf. Am Ende fehlten zwei Zentimeter Länge bei einem Bein, soviel Knochensubstanz würde beim zweiten Gelenkeinsatz entfernt werden müssen.

Doch zunächst klemmte der Fortgang an ganz anderer Stelle. Sie suchte zwei Ärzte in näherer Umgebung auf, die Endoprothesen für das Sprunggelenk implantieren konnten. Überall hielt man ihr jedoch entgegen, der Knochenbau, das sei alles zu gut, da stünde ein künstliches Gelenk noch nicht an. Viel zu jung sei sie überdies für diesen Schritt. Schöne Malaise! Folgend nahm sie noch eine Reise nach Magdeburg zu Endoprothetikern in Kauf. Die Nacht davor konnte sie wieder einmal nicht einschlafen, und so fuhr sie schon in einem völlig übermüdeten Zustand los. In Berlin wäre sie beinahe in den falschen Regionalzug umgestiegen, in letzter Sekunde konnte sie noch wechseln, sonst wäre der Termin Makulatur gewesen. Auch hier dasselbe Bild. Massive Ratlosigkeit machte sich in ihr breit. Die Indikation des Schweizer Spezialisten beeindruckte die Ärzte nicht.

Dann ergab sich noch ein Termin, den sie schon zuvor telefonisch verabredet hatte. In jenem Krankenhaus wollte sie sich mehr Informationen darüber einholen, ob eine Versteifung sinnvoll sein könnte, was an Folgewirkungen zu erwarten sei. Frau Dr. Kunst wies sie auf genau jene Probleme hin, die sie zuvor schon selbst ermittelt hatte, beschrieb ihr, wie eine Versteifung von statten geht, und riet ihr auf ein künstliches Gelenk zu setzen.

„Das entspräche schon meiner Präferenz, nur die entsprechenden Ärzte sehen das bisher anders, und ich wüßte nicht, an wen man sich in der Sache noch wenden könnte."

„Da könnte ich Ihnen weiterhelfen", entgegnete ihr die Ärztin. „In der Schönhauser Allee sitzt ein Arzt, der dafür in Frage käme. Meine Sprechstundenhilfe kann Ihnen die Adresse herausgeben." Angelika bedankte sich für ihre umfänglichen Erläuterungen und den Arztverweis.

Und auf ging es zur nächsten Runde, von der sie hoffte, sie könnte zum Erfolg führen. Doch wer vermochte schon sicher zu sagen, ob das künstliche Gelenk jetzt und hier die unzweifelhaft angebrachte Maßnahme war? So wurde sie bei Dr. Edelmann vorstellig, schilderte ihm das Drama. Sie verhielt sich etwas gedrückt, ihre Stimmung ließ sich erahnen, denn warum sollte er anders entscheiden als die bisherigen Operateure? Die werden guten Grund gehabt haben für ihre Schlüsse.

Doch schnell kristallisierte sich eine positive Entscheidung heraus. Viel geschwinder als gedacht würde sie zu ihrem künstlichen Sprunggelenk kommen. Und so sprach sie auch jene Unwägbarkeiten an, die ihr auf dem Herzen lagen: „Man dürfte keinen Druck vom künstlichen Gelenk auf jenen Bereich lenken, wo die einstige Nekrose lag. Das müßte man versuchen auszuschließen, sonst könnte das Risiko bestehen, daß wir die Chronifizierung des Schmerzes zu guter Letzt doch nicht aus dem Gelenk verbannen können", so meinte sie.

Der Arzt hörte sich ihre Überlegungen aufmerksam an. Schon vierzehn Tage später sollten die Operationswerkzeuge zum Einsatz kommen, zuvor empfahl er, dafür spezielle Medikation im Schmerzzentrum anzufragen.

In aller Frühe mußte sie in Berlin-Weißensee im Krankenhaus erscheinen, fast mitten in der Nacht reiste sie per Zug an. Ihre Mutter fuhr sie zum Bahnhof. Das Gefährt, mit dem sie im Liegen zum Operationssaal geschoben wurde, wartete schon auf sie, erste Medikamente wurden verabreicht. Nur ging es dann nicht los, sondern sie wurde in einen Abstellraum geschoben und durfte warten. Spätestens seit der gefallenen Entscheidung schlich sich die Angst bei ihr ein. Was, wenn es nicht die richtige Option ist? Das ließ sich nie mehr korrigieren. Bei aller Freude, sie sagte zu sich selbst: Jetzt geht dir der „Arsch auf Grundeis".

Jemand hatte das Licht ausgeschaltet. Das Warten in dem dunklen Raum zog sich hin, wohl eine Stunde, bis jene Spritze verabreicht wurde, die sie vorerst von allem Bewußtsein befreite. Daß sie in einen Fahrstuhl geschoben wurde, bekam sie gerade noch mit. Bilder von Räumen vor dem Operationssaal erinnerte sie nicht.

Am Nachmittag erblickte sie das Licht der Welt wieder, noch gepeinigt vom Schmerz, erschöpft. In den Folgetagen erholte sie sich langsam von der Strapaze. Bereit stand ein Plastikgestell, in dem der Fuß versteift wurde, damit auftreten sollte sie aber von Anfang an dürfen. Gut in Erinnerung blieb ihr ein Ausflug zum Gemeinschaftsraum, in dem auch ein Fernseher angeschaltet werden konnte. Niemand hielt sich dort auf.

Es muß ein Samstag gewesen sein, im ZDF lief „Wetten dass?". Als Kind hatte sie diese Unterhaltungssendung öfter gesehen, in den letzten Jahren jedoch kaum noch. Sie erinnerte sich nur, daß Moderator Gottschalk mit immer ausgefallenerer Kleidung zu beeindrucken versuchte. Es dauerte nur wenige Sendeminuten, bis sie merkte, ihr Nervenkostüm reagierte aktuell extrem allergisch, viel heftiger als sonst. Sie kämpfte noch eine Weile gegen diesen Druck an, dann kapitulierte sie und schaltete das Gerät ab. Viel später gelangte ihr in den Sinn, was es mit diesem Phänomen auf sich haben könnte. Das dürfte so etwas gewesen sein wie der Effekt der Erstverschlimmerung, von dem Bauer berichtete, daß er nach seinen Eingriffen auftrat. Also muß man beim Gelenkwechsel auf genau jene Struktur getroffen sein, die sie seit Jahren peinigte.

Erst nach etlichen Monaten ließ sich Bilanz ziehen, welche Ergebnisse sich nun präsentieren würden, ohne aus dem Blick zu verlieren, nach einigen Jahren mußte erneut die Prothese ersetzt werden, um den Fuß im dritten Schritt später zu versteifen. Der Operateur offerierte ihr, ungefähr nach acht Jahren sollte der nächste Gelenkwechsel vorgenommen werden. Auch vergaß er nicht, ihr Röntgenbilder zu präsentieren, die zeigten, wie Knochenbrüche im Umfeld eines künstlichen Gelenks aussehen können. Von Jogging sei grundsätzlich abzuraten.

Schon früh bestätigte sich Angelikas Annahme, mit dem Eingriff würde man die Fibromyalgie nicht begrenzen oder gar besiegen können, das hätte auch allen Erkenntnissen widersprochen, die sie darüber gewonnen hatte. Fahrten mit dem Fahrrad ließen sich schon wieder unternehmen, nur wenig Gewicht und Kraft leitete der Fuß auf die Pedale. Das ermöglichte hier schon immer etwas Spielraum. Auf einem Waldweg, an einem breiteren Fließ entlang, probierte sie aus, wie es mit dem Laufen werden würde. Sie schob das Fahrrad einfach, um die Übung jederzeit abbrechen zu können. Den Lenker griff sie in der Mitte mit einer Hand.

Es fühlte sich seltsam an, wieder über Baumwurzeln hinwegzuschreiten, eine ungewöhnliche Freiheit. Meter um Meter nahm die Strecke zu. So ein Experiment wäre zuvor völlig utopisch gewesen. Doch jeder Schritt baute Druck im Kopf auf. Mehr und mehr weitete sich das aus und übersetzte das Ganze im Nachgang in deutliche Dosen an Erschöpfung. Der Fernsehfilm am Abend fiel aus, weil das Nervensystem stark gereizt war. Es zeigte sich, von dieser Freiheit ließ sich nur sehr begrenzt Gebrauch machen. Gerieten nur etwas Hektik, Lärm oder andere Faktoren dazu, ließen Schwindel und sinkende Kraftreserven nicht lange auf sich warten. So blieb es bei den Krücken, die sie für alle Strecken nutzte, sobald sie ihr Zuhause verließ. Immer wollte das Rückgrat befragt werden, ob es denn mitmache, wenn längere Strecken überwunden werden wollten. Wenn sie mehr Zeit einsetzte, war es oft leichter. Wie wollte man das in Kategorien von Verlust und Gewinn fassen?

Ein schmaler Hoffnungsstreif am Himmel glimmte noch. Ein zweiter Besuch in der Schweiz stand ein Jahr später an. Konnte sie den Professor diesmal davon überzeugen, daß der Blasenmeridian Fehlinformationen an ihr Gehirn funkte, genau wie es seine eigenen Informationsblätter, natürlich nicht für diesen Fall, andeuteten? Wie eine Kette spürte sie die Wirkungen vom Fuß zum Stechen an der unteren Wirbelsäule bis hoch zum Kopf. Dies war miteinander verbunden, erzeugte Wechselwirkungen, das konnte sie immer wieder beobachten. Gewiß hatte Bauer recht, die flächenhaften Schmerzareale auf dem Körper gab es bei ihr bestenfalls andeutungsweise. Immer wieder präsentierte er Zeichnungen von Patienten, wo diese schraffiert dargestellt wurden. Diese Areale kannte sie bei sich selbst nur vom Kopfbereich. Wandernde Schmerzen hatte es am Anfang kurzzeitig gegeben. Aber den Schluß, daß damit gar kein Quadrant operiert werden müßte, der schälte sich nur sehr zögerlich in ihrem Denken heraus, brauchte lange, bis er Gestalt annehmen sollte.

Ihr neuerlicher Besuch in schweizerischen Gefilden erbrachte keinen wirklichen Fortschritt, so wie sie inständig gehofft hatte. Nur die Parästhesie, man sah Hautverletzungen auf der Innenseite des Fußes, fand Interesse und fixierte ihr ein paar Vorschläge auf Arztpapier, wie man diese abmildern könne. Beim Einsetzen des Gelenks hatte vermutlich ein Nerv etwas abbekommen. In der Tat fand sich nach ein paar Anläufen später ein Arzt, Dr. Linke, der mit Spritzen in den Rücken an drei Terminen die Beschwerden lindern konnte. Die Heimfahrt danach geriet jeweils zu einem riskanten Unternehmen. Der Kreislauf muß sehr instabil gewesen sein, ihr war schlecht und drieselig. Beim zweiten Mal bat sie darum, eine deutlich längere Zeit auf der Liege ruhen zu dürfen. Trotzdem gestaltete sich der Heimweg äußerst riskant.

Ihre Pläne für archäologische Funde auf interessanten Ausgrabungsexpeditionen ließen sich nicht mehr verwirklichen, auch vergleichbare Aufgaben rückten aus dem Sichtfeld. Längst war ihr klar, sie hatte verloren, es würde kein Zurück mehr geben zu einem Zustand, der erträglicher wäre, nicht mit häufigen abrupten Stimmungswechseln verknüpft und all den andren schwer kalkulierbaren Wirkungen. Ihr Haus stand abgetrennt auf einer öden Insel, weit weg vom übrigen Gelärm. Aus Resten würden sie ihre weiteren Jahre zimmern müssen, leer würden sie sein. Die Zukunft fand anderswo statt.

Sie hatte es bislang immer abgelehnt Rente zu beantragen, sie wollte wieder gesund werden und sich nicht preisgeben, auf daß alle Kapitel geschlossen würden. Nein, sie hatte studiert, um noch einmal durchstarten zu können, interessante Aufgaben zu übernehmen, finanziell unabhängig zu sein. Irgendwann überwand sie sich aber und reichte den Antrag ein, eine Rehabilitationsmaßnahme wurde zuvor abgelehnt. Der erste Knochenkünstler attestierte, von Rente müsse abgesehen werden, neuerlicher Widerspruch Angelikas zog einen weiteren Gutachter nach sich. Bearbeitete Unterlagen aus dem vorangegangenen Prozeß führte Angelika zusammen zu einer unmißverständlichen Lageskizze. Sie berücksichtigte frühere Hinweise der Rechtsanwältin, Schmerzzustände zählen nicht, nur psychische Leiden seien harte Währung im Gutachtergeschäft. Zu ihrer großen Überraschung erhielt sie befristet für drei Jahre das Gnadenbrot einer Minirente. Sie hatte damit gerechnet, auch hier könnte ein neues Gebilde hervortreten aus Gutachten und Prozeß-logik und ihre spärlichen Kräfte aufsaugen.

Über ein Internetforum bekam sie einen Tip und konnte darauf-hin einen Termin vereinbaren. Zwar bestätigte ihr die Akupunktur-lehrerin, ihre Beobachtung sei richtig, was diesen Streifen am Fuß angeht. Sie zeigte ihr, wie man die Punkte selbst orten konnte. Sie meinte: „Ein Muskelmeridian läuft völlig parallel zum Blasenmeri-dian in dem Bereich, und genau dieser könnte den Schmerzstreifen ausgeprägt haben." Sie holte einen dicken Band hervor, und Ange-lika konnte sich davon einen eigenen Eindruck verschaffen.

Wenn ein Arzt genügend Forschergeist mitbringen würde, so wäre herauszufinden, ob Angelikas These denn zutrifft. Ihr war klar, es würde brisant sein, wenn sich herausgestellt, ihre Beobachtungen hätten Hand und Fuß. Es ergäbe einen weiteren Mosaikstein in dem Gebilde, um die Krankheit eines Tages besser verstehen und heilen zu können. Bislang lebten die Mediziner mit der Vorstel-lung, sie ist nicht heilbar, und die Methode Bauers konnte auch noch nicht allen zu Gute kommen, die Wenn und Aber mußten auf den Prüfstand.

Mehr als zwei Jahre später raffte Angelika sich auf, schrieb alle ihre Einschätzungen auf, legte weiteres informierende Material dazu und suchte nach Mikrochirurgen, die sich vorstellen könnten, die Operation vorzunehmen. Sie wußte vorher, es ist hoffnungslos, nur Absagen ließen sich erwarten. Dennoch verwendete sie letzte Kraft in dieses aussichtslose Unterfangen, sie wollte nichts unver-sucht lassen. Doch selbst wenn sich ein Operateur fände, wäre er in der Lage, die bauersche Methode fachgerecht anzuwenden und das Ganze nicht zu verderben?

***

Im Postkasten fand sie einen Brief aus Hannover vor, der Absender war ihr unbekannt. Sie öffnete ihn mit der Schere und las. Höflich wurde sie gefragt, ob sie einen archäologischen Vortrag halten könne, sehr interessant sei ihr Beitrag in jenem Fachbuch, das vor Jahren erschienen war, und weitere Quellen habe man hinzugezogen und sei zu dem Schluß gekommen, sie einzuladen. Mit ausreichend Publikum wäre zu rechnen, und an ein angemessenes Honorar samt Fahrtkostenerstattung sei auch gedacht. Früher hielt Angelika jedes Jahr ein, zwei Vorträge, doch durch ihren krankheitsbedingten Rückzug blieben solche Einladungen sei einigen Jahren aus. Den letzten Vortrag hatte sie vor mehr als sechs Jahren bestritten, und sie konnte nicht behaupten, ihr wäre dieser gut bekommen. In diesem Fall waren viele Notizen notwendig, und sie mußte zuviel vom Blatt aufnehmen. Das lähmte sie geradezu, kostete enorme Kräfte, die sie kaum noch aufzubringen im Stande war. Es ging, aber es ging schlecht. Auch den Vortrag vorzubereiten dauerte jetzt ein Vielfaches länger als früher. Schon etliche Zeit zurück lag eine Podiumsdiskussion, an der sie teilgenommen hatte. Dort sprach sie weitgehend frei. Das schien wesentlich besser zu funktionieren. Den Unterschied schien die freie Rede zu verursachen, und natürlich mußte man die Nächte davor gut geschlafen haben, jenes selten anzutreffende Phänomen bei ihr. Sie ließ die Sache liegen, noch lag der Vortragstermin in weiter Ferne, um in Ruhe zu überlegen, ob sie sich die Strapazen zumuten konnte. Schon bald jedoch suchte sie Literatur zusammen, und tatsächlich lehnte sie nicht ab und stürzte sich in die Arbeit an Tagen, wo einige Stunden lichter waren, und ließ es bleiben an Tagen, die sich dafür als ungeeignet erwiesen.

In Hannover am Bahnhof holte man sie ab, der Veranstalter kümmerte sich um alles. Zu ihrer Freude war der kleine Saal tatsächlich gut gefüllt mit Gästen. Sie sprach über die Maya und ihre Hochkultur, gab einen Überblick über die einzelnen Epochen. Knapp 500 Zeichen umfasse ihre Schrift, an Beispielen zeigte sie dem Publikum, wie sich ihre Sprachzeichnungen entschlüsseln ließen, und warf mit dem Projektor einige Bilder dazu an die Wand. Auch ging sie darauf ein, wie fast alle Manuskripte der Maya in einem Akt kultureller Barbarei der Spanier vernichtet wurden, um das Heidentum aus der Neuen Welt zu verbannen. Wer allerdings einmal Madrid besuche, könne im Museo de América noch eine Kopie der umfangreichsten dieser Handschriften in Sicht nehmen, eine Art Faltbuch. Eine weitere Handschrift läßt sich in der Schatzkammer des Dresdener Buchmuseums bestaunen. Die Maya verfügten über die einzige voll ausgeprägte Schrift des Doppelkontinents, bevor Kolumbus an mittelamerikanischen Stränden anlandete.

Immer tiefer drang Angelika in die Kultur und Geschichte der Maya ein, berichtete von Raubgrabungen und deren Schäden, ging ein auf die Bauwerke und ihre Zwecke, die heute unbeeinträchtigt zu bewundern seien und nicht verdrängt wurden durch neuere Gebäude einer späteren Zeit, sondern mitten im Urwald in Vergessenheit geraten seien. Die einstigen Maya kannten das Rad nicht und so auch keine Fuhrwerke, und doch gibt es eine viele Kilometer lange und recht breite befestigte Straße. Metalle verarbeitete man nicht.

Ihr Vortrag ging auf Kontroversen ein, wie eine solche Hochkultur untergehen könne und welche Faktoren dabei Pate standen. Nach 800 unserer Zeit verschwinden die Könige, Langkalender und andere Institutionen, und nicht allein kriegerische Züge konnten dafür verantwortlich gewesen sein. Immerhin bewohnten das Gebiet einst etliche Millionen Menschen, und als die Spanier eintrafen, dürften nur noch um die 30.000 Menschen übrig gewesen sein. Sie führte Jared Diamond an, der vermutet, das Bevölkerungswachstum könnte die verfügbaren landwirtschaftlichen Güter überfordert haben. Hintergrund dessen seien schwere Dürrezeiten gewesen, natürliche klimatische Schwankungen, die die einzelnen Gebiete zu unterschiedlichen Zeiten trafen, in der Schwere auch abhängig von den örtlichen Bedingungen, wie Wasservorräte und anderes. Unterm Strich kostete der Kollaps Millionen Menschen das Leben.

Am Ende des Vortrags empfing Angelika ihren Applaus, und zahlreiche Fragen schlossen sich an, auf die sie geduldig Antwort gab, soweit ihr Wissensstand dies ermöglichte. Ihr Kopf glühte, aber noch registrierte sie es nicht. Einige Rosen zum Dank hielt der Veranstalter bereit. Dieser lud danach in ein Café ein, doch Angelika mußte sehr schnell aufbrechen, der Gesprächslärm dort setzte ihr jetzt massiv zu. Jede kleinste Reizung wurde zur Gefahr. Noch am nächsten Tag auf der Heimfahrt im Zug kochten die Nervenkräfte, die sie mit dem Vortrag freigesetzt hatte, bleierne Müdigkeit preßte sie in den Sitz.

Sieben Jahre nach dem Beginn ihrer neuen Zeitrechnung, dem Ende ihres früheren Lebens, nistete sich phasenweise etwas ein, was als massiver Schlafentzug betitelt werden muß. Für einige Tage hatte es das auch zuvor schon gegeben, und im Grunde begleitete sie das Phänomen die ganze Zeit. Es hob sich nur auf ein neues Niveau. In solch einer Phase, die dann eher viele Wochen anhielt, konnte sie entweder nicht einschlafen, durchwachte halbe Nächte oder wurde am Morgen mehrere Stunden zu früh wach oder schlief nicht durch. Alle möglichen Variationen traten auf. Schaute sie sich das im Rückblick an, sah es aus, als ob dieser Zustand über etliche Monate grassierte. Die Fachliteratur sagte ihr, Schlafprobleme können dazugehören. Freilich schlief sie auch nicht ein, wenn sie sich nachmittags hinlegte. Sie konnte noch so übermüdet sein, der Körper erwies sich als unfähig einzuschlafen, wiewohl sich der Geist dabei auch nicht als Stütze erwies. Irgendwann war der Spuk dann wieder halb vorbei, aber das konnte dauern. Jedoch stellte er sich immer wieder erneut ein. Angelika konnte nur nicht vorhersehen wann. Spielte auch das Hauptmedikament eine Rolle? Wirklich abstellen ließ sich die Müdigkeit nie.

Die Tage des August vergingen, die des September ebenso. Angefangen hatte alles mit einer Hitzeperiode von drei Wochen, nur selten unterbrochen durch Tage unter dreißig Grad. Angelika las bis tief in die Nacht, ihr Zimmer blieb sehr warm trotz offenem Fenster. Gerade jenes ausgiebige Lüften Ende August, kühlte die Zimmertemperatur plötzlich mehr als bisher herunter. Angelika stellte sich nicht schnell genug um. Vielleicht lag es aber auch daran, daß ein neuer Grippestamm durch die Lande zog und seine Opfer suchte, Angelikas Immunsystem, durch die Fibromyalgie ohnehin geschwächt, bekam diesmal ab, was abzubekommen war. Der kratzende Hals und die laufende Nase ließen sich zunächst mit Medikamenten beheben, doch drei Tage später bliesen die Viren zum Generalangriff und die Grippe brach sich Bahn. Für einige Tage blieb das Bett der bevorzugte Ort. Zur Ärztin ging sie nicht, ohnehin mußte man inzwischen alle Medikamente selbst bezahlen, da konnte man auch gleich die Apotheke aufsuchen, dank deutscher Sparkunst im Gesundheitswesen. Doch trotz intensiver Behandlung gelangte der Virenstamm nur langsam in die Defensive. Als es dann nach zehn Tagen halbwegs überstanden war, lag Angelikas Nervensystem derartig am Boden, wie sie es bisher so noch nicht erlebt hatte, in dieser Kombination mit einer Grippe zumindest nicht aufgetreten war. Ihre Konzentration schien völlig flüchtig, weder an einen Fernsehfilm noch an Buchseiten ließ sich denken, und wenn, verschlimmerte es nur die Situation. Absolute Ruhe erwies sich als das Gebot der Stunde. Allerdings, wer hält schon absolute Ruhe, schlimmer noch, absolutes Nichtstun, aus? Depressive Ausläufer sind dann gleich in der Spur. Angelika brauchte lange für die Erkenntnis, daß Johanniskraut in gelben Kapseln helfen konnte. Nicht einmal ihre Psychologin, die doch viele Sitzungen lang ihr Problem kannte, kam auf diese einfache, wirksame Idee. Jedoch beim ersten Anzeichen mußte man sofort reagieren, wenn man es stoppen wollte.

Diesmal plagte Angelika jedoch noch eine besondere Situation. Die zerschossene Konzentration, der brennende Kopf hätten eigentlich konstantere oder höhere Dosen von Amineurin erfordert. Gleichzeitig bildete sich nach den vielen Tagen, die sie mehr liegend als aufrecht verbrachte, neuer Tatendrang heraus. Antrieb und Stimmung lagen weit über dem Normalniveau.

So adressiert sich üblicherweise eine Manie. Amineurin würde diese Hochstimmung geradezu befeuern. Da war guter Rat nicht leicht zu finden, wenn völlig Gegensätzliches zur Anwendung kommen mußte. Das Ganze garniert mit einer Übermüdung vom Feinsten. Der Knick beim Sehen von geraden Linien in solchen Fällen war ihr nicht unbekannt, doch diesmal blieb es nicht dabei, für einige Tage zeigten sich verschwommene Wellenlinien, besonders sichtbar beim Blick auf den Computermonitor. Wenn man jemanden über die Kliffkante schicken wollte, mußte man ihn nur lange genug diesen Kräften aussetzen.

Angelika blätterte das Blatt des Septembers an ihrem Wandkalender um. Eine braunbunte Herbstallee tauchte als neuer Titelblick auf. Die große Müdigkeit zermürbte sie nun schon viele Wochen.

Staub war nicht gewischt. Wäsche blieb liegen, nur das Nötigste nahm sie sich vor, schnell verließen sie die Kräfte. Es gab sogar Tage, als sie über den Hof lief und plötzlich leichter Schwindel sie überkam, die Beine schlackrig wurden, Vorbote für wegsackenden Kreislauf womöglich. Keine Strategie schien die Lage zu bessern. Hartnäckig hielt sich das Störpotential für den Schlaf, und es gab nicht einmal einen Morgen, an dem sie eine ausgeglichene Nacht hätte registrieren können.

Angelika konnte sich inzwischen einen guten Eindruck davon machen, wie es Gefangenen ging, die man mit Schlafentzug folterte. Mehrfach nahm sie bei verschiedenen Ärzten Anlauf, um dieses Ungetüm zur Strecke zu bringen. In ihren vielen Ratgebern, die sie gelesen hatte, studierte sie sehr genau, was diese bei chronischer Müdigkeit empfahlen, nutzte inzwischen eine schwarze Augenmaske und Ohropax, um zu frühes Aufwachen abzustellen. Beim Einschlafen konnte Baldrian oder eine viertel Tablette *hoggar night* hilfreich sein. Nur die Erfolge blieben begrenzt. Dieses Monster hatte viel Energie, kleinste Aufregungen konnten große Wirkung haben. Erschöpfung durch viel Bewegung galt eher nicht als Garant für einen besseren Schlaf. Mitunter bekam sie den Eindruck, es könnte eher umgedreht sein. Der erste Schmerzarzt verschrieb ihr Doxepin, und zumindest schien der Schlummer der Nacht ein deutlich tieferer zu werden. Auch hielt das Medikament den Schmerzschutz im Kopf aufrecht. Doch der Haken an der Sache stellte sich zwei, drei Wochen später heraus. Die Arme fingen immer stärker an zu jucken, und es begannen sich rote Ekzeme zu bilden, deren Ausbreitung täglich fortschritt. Am Ende blieb nichts anderes übrig, als wieder zum alten Medikament zurückzukehren.

Eine weitere Medikation sollte sich auf die Leberwerte massiv auswirken, die ohnehin schon so schlecht waren wie bei einer notorischen Säuferin, die sie nicht war. Erst auf dem Beipackzettel entdeckte sie den riskanten Aspekt. So ließ sie diesen Medikamentenversuch an sich selbst aus. Ohnehin schien ihr dieser Arzt mit seinem drohenden Unterton nicht geheuer. Regelmäßig sollte sie therapeutische Schwimmgymnastik durchführen. So mitten in der brandenburger Pampa zumindest im Winter keine gute Idee, und dafür nach Cottbus oder Berlin zu fahren, fiel aus. Ohnehin löste verordneter Sport bei ihr keine Begeisterungsstürme aus. Dazu sollte sie zum dritten Mal einen Psychotherapeuten, jetzt für das Schlafproblem, in Anspruch nehmen. Jede Woche zum Prenzlauer Berg hätte sie fahren dürfen. Auch hier wurden von dem Therapeuten, den der Arzt ihr gegeben hatte, peinlich strenge Regeln aufgestellt. Nach dem ersten Besuch sparte sie sich diese Reisetätigkeit ebenso.

Noch einen weiteren Versuch unternahm sie. Der Schmerztherapeutin, die sie schon seit etlichen Jahren konsultierte, berichtete sie von dem Fehlversuch mit Doxepin. Nach aktueller Überprüfung aller medizinischen Werte meinte sie, sie solle es mit flüssigem Trimipramin versuchen. Die zehn Tropfen erwiesen sich als ziemlich deftige Mixtur. Davon wurden die Nächte sehr kurz, keine vier Stunden Schlaf, vereinzelt gar kein Schlaf. Angelika konnte erkennen, mit dieser Dosis mußte sie sehr unmittelbar kapitulieren. Wie aber wäre es, wenn man sie verändert, denn sie hatte bemerkt, dieses braune Etwas besaß Kräfte, die sich vielleicht doch sinnvoll einspannen ließen. So testete sie mit fünf Tropfen und sieben Milligramm Amineurin. Diese Kombination ergab neuen Spielraum. Sie schlief vielleicht nicht wesentlich besser, aber statt neun Stunden reduzierte sich der Schlaf auf sieben. Das kannte sie seit Jahren nicht mehr. Ein völlig neues Gefühl.

Eine Woche nächtigte sie in einer Pension im Ökodorf Brodowin, ihr Vater hatte sie dorthin chauffiert, samt Fahrrad. Die Eltern schenkten ihr den Ausflug zum Geburtstag. Jenes Gefährt sorgte für Mobilität in der Landschaft, ihre Stützen waren mit Klettband angeheftet, damit sie im Pannenfall nicht völlig hilflos in der Walachei stand. Um die Pedale in Schwung zu bringen, reichten geringe Kräfte. Die Qualen blieben weit hinter dem zurück, die beim Laufen mit Stützen entstehen konnten. Ein kleines Quäntchen Freiheit, zumindest solange man keine Rennfahrten veranstaltete und gemächlich die Landschaften durchquerte. So erwies es sich als klug, jede mögliche Gehstrecke durch diese Art von „Rollstuhl" zu ersetzen.

Sicher, ein großer Vorteil des künstlichen Gelenks war es, wenn sie eine längere Strecke wandern wollte, dann ging das mit den beiden Gehhilfen, und man hielt es auch durch, sofern man bereit war, diesen Hochleistungssport zu absolvieren und deutliche Abstriche bei der Geschwindigkeit hinnahm. Die speziellen anatomischen Gummigriffe für die Hände der Firma Kowsky an den Gehhilfen erwiesen sich dafür allerdings als Voraussetzung. Schwarz mußten sie sein, denn die grauen eines anderen Herstellers zogen den Schutz nur so an, gingen schnell kaputt, weil man sie ständig reinigen mußte.

Klug war es freilich nicht mit den Stützen, sich bei der Länge der Strecke zu verschätzen, sonst peinigtem einen die Schmerzen in grenzenlosem Ausmaß. Ratsam schien es, genügend Pausen einzulegen, sonst wurden sie diktiert. Solche Erfahrungswerte schützten freilich nicht davor, daß es Tage geben konnte, wo das Auftreten an sich zum Problem werden konnte, sie den Fuß nach außen wegdrehen mußte und Wandern außerhalb jeder Vorstellungskraft lag. Wer wußte schon, was von Stichen und Schmerzfeldern im Fuß wirklich zu halten war, sie merkte nur, heute geht nichts.

An einem Tag saß sie in der kleinen Holzhütte unter Apfelbäumen mit anderen Gästen und unterhielt sich. Viele Insekten tummelten sich hier tagsüber. Die Bäume boten Schatten vor der Sonne. In diesem Garten hielt sie sich gern auf. Das Ökoquartier hatte sie bewußt gebucht.

Hier in Brodowin hatte sie erstmals gesehen, wie Schweine mitten auf dem Feld gehalten wurden, für Regenzeiten gab es eine Holzhütte auf Schweinsmaß angepaßt, sprich etwas größer als eine Hundehütte. Man sah den schwarz-rosa Tieren an, sie fühlten sich sehr wohl, kein Vergleich zu jenen Bildern, wo sie auf engstem Raum mit Spaltböden in stinkenden Ställen dahinvegetierten. Hier konnten tiefe Löcher in den Boden getrieben werden, und in einer Schlammkuhle wurde kräftig die Haut einbalsamiert. Das beindruckte Angelika, und sie dachte, wenn schon Fleisch auf dem Teller, dann nicht aus tierquälerischer Quelle. Zwischen Wort und Tat klaffte auch bei ihr eine strategische Lücke, nur gab ihr Rentensalär nicht viel her. Jedoch leistete sie sich eine Flasche Milch und etwas Käse aus dem ökologischen Dorfladen. Später konnte sie noch eine Führung durch den Kuhstall und zu den Kälbchen mitmachen. Jemand erläuterte, wie alles funktioniert in dem Demeter-Betrieb, die Details.

Später am Abend im Halbdunkel gerieten vielleicht zwei oder waren es drei Tropfen zuviel Trimipramin in den Becher. Statt neu abzumessen, beließ sie es so. Was sollte schon passieren? Nun, das konnte sie am nächsten Tag erfahren, ihr brummte der Schädel. Nach dem Frühstück ließ sich an irgendeine Art von Fahrradausflug nicht denken, obwohl schönster Sonnenschein lockte. Eine leichte Brise strich über die ungemähten Wiesen. Doch Angelika drieselte der Kopf. Der Schlaf war ausreichend, aber sie fühlte sich völlig benommen und konnte sich kaum auf den Beinen halten. Vermutlich schien das mit den zwei bis drei Tropfen extra wohl doch zuviel gewesen. An diesem Tag verbannte diese Situation sie vollständig ins Bett. Sie ließ das Mittagessen ausfallen, vielmehr übermannte sie ein beinahe endloser Schlaf vom Feinsten. Erst gegen Abend konnte sie überhaupt wieder daran denken, sich zu erheben, immer noch wackelig auf den Beinen. Am nächsten Tag besserte sich das Bild allmählich.

Doch die Geschichte mit dem Trimipramin ist noch nicht zu Ende. Im Monat darauf merkte Angelika, die vorteilhaften Aspekte verflüchtigten sich allmählich, und noch einige Wochen später zogen eigentümliche Kopfschmerzen ein, die am Ende zu völliger Bettlägerigkeit führten. Da sie sich aber nach den Vorteilen zurücksehnte und hoffte, sie kämen zurück, reagierte sie nicht gleich, erst nachdem sie eine Woche ans Bett gefesselt blieb, setzte sie das Medikament ab. Dann versuchte sie es noch einmal, nur mit niedrig dosierter Trimipraminlösung ohne Amineurin. Dabei schien es so, als ob der ganze Kopf neu „verlötet" würde, über Tage hinweg. So ging es nicht weiter. Jedenfalls dauerte es zwei Monate, bis sich wieder der normale Zustand begann einzustellen. Zehn Stunden Schlaf durfte bis dahin als normale Notwendigkeit gelten. So endete dieser Versuch, dem Ungetüm zu Leibe zu rücken.

Einige Monate später stieß Angelika auf Filmbeiträge von Professorin Scheibenbogen an der Berliner Charité zum Chronischen Fatigue-Syndrom und welche Methoden dagegen getestet werden. Zwei ganze Nachmittage beschäftigte sie sich mit dem Für und Wider. Für einen Termin mußte jedoch ein ganzes Sortiment Voruntersuchungen mitgebracht werden. Überdies beschlichen sie Zweifel, ob die Methode in ihrem Fall überhaupt sinnvoll war, wenn die

Quelle die ist, die sie dank der Forschungen von Professor Bauer annehmen konnte. Dann wäre hier das nächste Hamsterrad aufgestellt, in dem sie sich vergeblich abstrampeln würde. Sie berichtete ihrer Ärztin davon, aber die Sache verlief im Sand.

Einige Zeit darauf stieß sie bei der Recherche auf ein Buch von Ingo Fietze mit dem Titel „Über guten und schlechten Schlaf", dessen Lektüre sie über die ganze Bandbreite der Abnormitäten informierte, die in diesem Bereich jemanden peinigen konnten. Auch für sich zog sie einige Schlüsse, und wurde in der Charité vorstellig, in jener Abteilung, wo der ratgebende Arzt tätig war. Die freundliche Ärztin, die sie behandelte, meinte, sie gehe schon vieles richtig an in der Schlafhygiene und verschrieb ihr Zopiclon. Immerhin ließ sich damit der Schlaf erzwingen, wenn man am nächsten Morgen früh aufstehen mußte, um einen Termin einzuhalten oder andere Erfordernisse anstanden. Gemeinhin funktionierte das bei ihr so, daß sie dann am nächsten Tag wie gerädert aufstand und sich nur mit Mühe und Not durch den Tag wursteln konnte, dermaßen hing sie durch. Trotzdem torpedierten mangelnde Schlafzeit und höchst ungenügende Schlafqualität weiter ihren Lebensalltag. Zu oft von dem Medikament zu nehmen, schien auch nicht geraten. Am Ende meldete sich täglicher Bedarf an, wenn gerade eine zeitlang das Einschlafen zum Problem wurde. Abhängig werden wollte sie davon nicht. Auf gutes Durchschlafen und das Meiden von zu frühem Aufwachen schien es nicht effektiv zu wirken. Angesetzt wurde noch eine Untersuchung im Schlaflabor, doch der Termin lag erst in sieben Monaten.

Das Thema Übermüdung gibt Anlaß, noch vom Bild im Spiegel zu reden. Angelika schätzte sich nicht als häßlich ein, aber hier und da hätte die Natur etwas eleganter arbeiten können. All das war aber nebensächlich. Ärgernis erregte etwas anderes. Nicht direkt die Augen stachen ins Blickfeld, mehr die Partien herum. Das Alter ließ sich nicht aufhalten, nur die deutlichen Faltenbögen unter den Augen, die mit der pathologischen Müdigkeit einher gingen, erschienen ihr schon ärgerlich. Die braunen Augenränder nervten sie. All die Cremes, die sie speziell für diesen Mißstand erprobte, schienen kaum optische Besserung zu bewirken. Selbst Creme mit Hyaluronsäure aus amerikanischer Produktion ließ sichtbare Fortschritte nicht erkennen. Dabei sah dieser Bereich schlimmer aus als bei ihrer Oma, und diese ging immerhin auf die Neunzig zu.

Eine lange Fahrt nach Berlin stand an, dort behandelte sie eine Schmerztherapeutin, die sich mit Fibromyalgie auskannte. In der Nacht zuvor, was passiert? Angelika schläft nicht ein! Auch eine halbe Schlaftablette taugt nicht dazu, ihr den Weg ins grübellose Land zu ebnen. Das härtere Medikament vom Schlaflabor war aufgebraucht. Irgendwann gegen vier nickt sie ein, aber nur kurz. Am Morgen kommt es ihr vor, als ob sie zwischen Wachzustand und Schlaf immer hin und her gewechselt sei. Zum Glück ist der Termin erst nachmittags, so konnte sie etwas länger im Bett bleiben.

Draußen spielte sich die Sonne auf, als ob sie noch die Kraft hätte, Juliwetter zu entfachen, der Himmel blieb wolkenfrei. Auf 28 Grad kletterte die Temperatur bis zum Mittag. Angelika fuhr mit dem roten Doppelstockzug bis in die Hauptstadt, stieg um in die S-Bahn und schaukelte noch ein paar Straßenzüge im Bus, bis sie aussteigen mußte. Sie hatte gelernt, mit Ohropax ließen sich die Busgeräusche besser aushalten, so wurde ihr deutlich weniger schwindelig.

Mehr als zwei Stunden dauerte die Strecke zur Ärztin. In der Praxis angekommen, ging sie zum Tresen und legte die Krankenkarte auf die Ablage, doch sie fand den gelben Überweisungsschein nicht. Ein paar Tage zuvor war sie extra zu ihrer Hausärztin gefahren, nur wegen dieses Zettelchens. So sehr sie auch suchte und jeden Winkel im Rucksack prüfte, die Überweisung blieb unauffindbar.

Als sich die Sprechstundenhilfe ihr zuwandte, meinte sie: „Ich glaube, ich muß Ihnen den Überweisungsschein per Post nachschicken, es sieht so aus, als ob ich ihn zu Hause vergessen habe. Es tut mir leid."

„Das ist aber unpraktisch", erwiderte die Frau. „Ich werde Sie zur Ärztin vorlassen, sie muß das dann entscheiden."

Der ganze Vorgang hatte Angelika in höchste Aufregung versetzt, denn sie hatte noch nie einen solchen Schein vergessen. Es entfachte sich die Sorge, der Termin könnte platzen. Das Wartezimmer erwies sich als gefüllt bis fast zum letzten Platz. Sie stellte ihre Stützen in eine Ecke, umfallsicher, zwängte sich auf einen Sitz. Da zwei Ärzte im selben Haus praktizierten, ging es schneller voran als zu befürchten war. Nach einer dreiviertel Stunde rief die Ärztin Angelikas Namen auf. Sie hielt ihr zunächst eine Standpauke wegen des fehlenden Scheins und daß er ihr unverzüglich zuzusenden sei. Alles das steigerte Angelikas emotionale Aufregung, die wie von einem Katalysator verstärkt wurde. Sie hatte es nicht unter Kontrolle. Die Ärztin ordnete bis zum nächsten Termin eine Blutentnahme an, damit die Leberwerte wieder überprüft werden können. Überdies gab sie ihr einen Überweisungsschein für die integrative Schmerzmedizin im Krankenhaus Havelhöhe. „Prüfen Sie doch mal, ob Sie das nicht für drei Wochen mal auf sich nehmen wollen", meinte sie. „Vielleicht ist es hilfreich."

Der gelbweiße Bus schleppte sich langsam von Station zu Station durch den zähfließenden Verkehr. Die Motorengeräusche setzten Angelika mehr zu, als sie es gewohnt war. Obwohl sie einen Sitzplatz hatte, fing sich plötzlich alles an zu drehen, und die Knie wurden ihr weich. Für einen Moment nistete sich Schwärze vor ihren Augen ein, oder hatte sie es sich nur eingebildet?

Zwei Haltestellen weiter mußte sie umsteigen. Sie merkte beim Ausstieg, sie konnte sich kaum auf den Beinen halten. An einem Dönerstand nahm sie im kleinen Innenraum kurz Platz und bestellte sich eine Cola aus dem gekühlten Sortiment. Mit seinem Coffein würde das Getränk ihre Müdigkeit dämpfen. Sie wartete eine halbe Stunde, bis sie die Fahrt fortsetzte und sich ihr Zustand leicht gebessert hatte. Doch auch auf dem Weg zur S-Bahn stellte sie fest, ihre Beine trugen sie nicht wirklich, der Drehwurm aktivierte sich von neuem.

Dennoch wollte sie nicht von der Idee ablassen, noch einen kurzen Abstecher zu einem Geschäft zu machen, wo sie hoffte, einen passenden Reißverschluß für eine ihrer Hosen zu bekommen, die zwar fast neu war, hier aber vorzeitigen Verschleiß aufwies. Tatsächlich konnte sie einen passenden Ersatz erwerben und würde so in den nächsten Tagen das defekte Teil gegen ein neues auswechseln.

So begab sie sich auf den Rückweg, den nächsten Zug würde sie sicher schaffen. Sie fuhr mit der Straßenbahn zurück, wieder wurde ihr bei der Fahrt schwummrig. Der fehlende Schlaf setzte ihr zu, die Konzentration sank ins Bodenlose. Vor allen Dingen der Disput um diesen unsäglichen Überweisungsschein hatte sie aus der Bahn geworfen. Wieder wurden ihr die Knie weich und alles fing sich an zu drehen. An der Haltestelle stieg sie aus. Die Sonne blendete ihr ins Gesicht, sie konnte kaum etwas sehen. Sie dachte, jetzt noch in den Zug, und in gut anderthalb Stunde bist zu Hause, und dann ab ins Bett. Sie mußte eine verkehrsreiche Straße überqueren, die Ampel schien offenbar ausgefallen. Hatte sie nicht richtig hingesehen? Plötzlich gab es einen dumpfen Aufschlag, sie wurde zur Seite geschleudert, ein Auto hatte sie erfaßt.

Wie sie da lag, kam ihr nach ein, zwei Minuten das Bewußtsein kurz zurück. Sie wußte, was nun geschehen würde, sie würde es nicht mehr weiter schaffen, und es war gut so, endlich erlöst von diesem andauernden Alptraum. Ein Hauch von Glück bemächtigte sich ihrer in diesem übermächtigen Körperbrennen. Bruchstücke aus Kindertagen liefen vor ihrem inneren Auge ab, Sequenzen aus verschiedenen Zeiten, die sie erlebt hatte. Die Lebenslichter glimmten immer schwächer. Noch bevor der Rettungswagen eintraf, blieb ein Film von Schwärze zurück.

2012 – 2020

(Der literarische Verlauf der Erzählung wurde frei erfunden, die Ausprägung der Krankheit ist weitgehend authentisch beschrieben.)

Medizinischer Anhang

Einleitung

Die Erzählung steht für sich. Den an Literatur interessierten Lesern mag das genügen. Es gibt also keinen triftigen Grund, diesen zusätzlichen Abschnitt zu lesen für diejenigen. Trotz ihrer fiktionalen Natur beschreibt die Erzählung aber zugleich auch das medizinische Fallbeispiel bis in viele Einzelheiten hinein und setzt von daher Erkenntnisse frei, die in Kombination mit Befunden und Wissen aus dem echten Fall, der ihr zugrunde liegt, durchaus aufschlußreich sein können. Diese Krankheitsmuster gelten bisher als nicht heilbar, insofern ist es sinnvoll, alle Elemente in den Blick zu nehmen, die helfen, diese Syndrome besser zu verstehen. Das dürfte auch die Voraussetzung sein, um irgendwann zu weitreichenden Heilungschancen zu gelangen, über den bisherigen Horizont hinaus. Unter diesem Gesichtspunkt mögen einzelne Zeitabläufe in der Erzählung nicht klar genug skizziert sein, die Weber-C-Fraktur resultierte abweichend aus einem kurzen Sprint und Sturz dabei. Viele andere Aspekte halten sich aber genau an die tatsächlichen gesundheitlichen Effekte des Ganzen.

Zunächst sind Beiträge dokumentiert, die eine kurze Einführung in das Krankheitsbild geben. Sie sind für unterschiedliche Zwecke entstanden, nicht aufeinander abgestimmt. Man darf sich nur nicht der Illusion hingeben, die Vielzahl an Äußerungsformen der Fibromyalgien lasse sich leicht diagnostizieren. In der Erzählung selbst ist geschildert, wie lange es dauerte, bevor aus den ersten vagen Hinweisen sich ein begründeter Verdacht erhärtete. Selbst wenn man die unterschiedlichen Sachbücher zum Thema nimmt, sieht man deutlich, neben Bereichen mit viel Konsens interpretieren die Autoren einiges auch unterschiedlich.

Der erste Brief ist für Mikrochirurgen geschrieben worden, die mit der Operationsmethode von Prof. Johann Bauer nicht vertraut sein können. Es war von vorherein klar, die Chance, auf diesem Weg weiterzukommen, konnte als so gut wie nicht vorhanden betrachtet werden. Die Praxis bestätigte dies. Die Aufgabenstellung würde aber nach wie vor stehen, und wenn der Zufall es wollte, daß sich an diese Fragestellung ein Mikrochirurg herantrauen würde, dann wäre es sinnvoll in Kontakt zu kommen. Der nachfolgende, später geschriebene Brief an Prof. Johann Bauer selbst setzt dagegen Grundkenntnisse der Sache voraus, insbesondere die beiden zuerst erschienenen Bücher des Mediziners. Ansonsten behandeln beide Briefe denselben Gegenstand und überschneiden sich damit in etlichen Aussagen. Mir schien es besser, sie in dieser authentischen Form zu belassen.

Jenseits der Fragestellung, wie nah man mit diesen Erkenntnissen einer Heilung kommen würde oder nicht, die beobachteten Phänomene bleiben in jedem Fall korrekt und sind harte Fakten, denen sich jeder andere Erklärungsansatz stellen müßte. Der Umstand, daß die Äußerungsformen bei den jeweiligen Patienten sehr verschieden ausfallen dürften, verdeutlicht das Ausmaß der medizinischen Herausforderung.

Zur sekundären Fibromyalgie

Fibromyalgie (Faser-Muskel-Schmerz) ist eine schwere chronische, bisher nicht heilbare Erkrankung, die sich durch weit verbreitete Schmerzen mit wechselnder Lokalisation in der Muskulatur und um die Gelenke sowie durch Rückenschmerzen und auch Druckschmerzempfindlichkeit mit zahlreichen Begleiterscheinungen auszeichnet.[1] Bisher sind über 140 verschiedene Symptome der Krankheit beschrieben worden. Die Fibromyalgie gilt als schwer zu diagnostizierendes „Chamäleon unter den Krankheiten", da sie Symptome und Warnzeichen von vielen anderen Gesundheitsstörungen nachahmen kann.[2] Die Anzahl und Zusammensetzung der Symptome beim einzelnen Patienten fällt unterschiedlich aus. So kommt es z.B. nur bei 30 bis 40 Prozent zu einem Reizdarm.

Die Krankheit wird in der Regel erst nach durchschnittlich sieben bis zehn Jahren diagnostiziert. Man kann die Fibromyalgie nicht mit medizinischen Meßverfahren aufspüren, weil sie sich bildgebenden oder anderen Untersuchungsmethoden entzieht. Daher wird sie, wenn überhaupt, erst sehr spät diagnostiziert, in der Regel nach einer langen Odyssee durch viele Arztpraxen. Sie muß durch eine Ausschlußdiagnose festgestellt werden. Ein Anhaltspunkt sind auch sogenannte Schmerzdruckpunkte von denen 11 von 18 in der Diagnose druckschmerzempfindlich sein sollten.[3] Nach den neuesten medizinischen Leitlinien wird dies allerdings nicht mehr als Voraussetzung für das Bestehen einer Fibromyalgie gesehen. Wichtige Anhaltspunkte liefern die Krankheitsauswirkungen, die der Patient benennen kann. Dazu können chronische Muskelschmerzen gehören, allgemeine Müdigkeit und Erschöpfung, starke Reduktion der körperlichen Belastbarkeit, Streßempfindlichkeit, temperaturabhängige Empfindlichkeit (Hitzeunverträglichkeit), chronischer Kopfschmerz, Allergien, Schlafstörungen, Konzentrationsstörungen, Hörempfindlichkeit, ruhelose Beine, Schwindel u.v.a.[4] Zusätzlich spielen gegenseitig sich verstärkende Faktoren im Rahmen sogenannter „Teufelskreise" eine Rolle und verschlimmern die Symptome.[5]

Bei der sekundären Fibromyalgie wird davon ausgegangen, daß eine andere Erkrankung vorausgegangen ist, welche die Fibromyalgie ausgelöst hat, z. B. eine Verletzung oder Operation, körperliche Traumata und orthopädische Erkrankungen.[6] Fibromyalgie ist ein Defekt der Schmerzleitung und -verarbeitung und resultiert nicht aus psychosomatischen Störungen.[7] (Dies gilt übrigens analog für das chronische Schmerzsyndrom nach Gerbershagen.) Zudem muß man damit rechnen, es handelt sich um einen Krankheitsprozeß, der sich immer weiter verschlimmern kann. Die Fibromyalgie führt zu erheblichen Fehlregulationen in den Körperfunktionen, die üblicherweise von ganz allein ablaufen. Dabei baut der Körper vor allem auf das vegetative Nervensystem und das Hormonsystem. Beide Funktionsebenen werden bei der Fibromyalgie in Mitleidenschaft gezogen.[8] Dies erklärt auch die vielfältige Störungspotenz der Krankheit. Bei der Erkrankung kommt es zu einem Mangel des Nervenbotenstoffs Serotonin. Eine zentrale Rolle spielen Veränderungen bei der Signalverarbeitung im Nervensystem.[9] Die Störung erfolgt nicht in den großen Nervenästen, sondern im sehr feingliedrigen peripheren Nervengeflecht. Für diese Annahme sprechen auch die Untersuchungsergebnisse im vorliegenden Fall. Die Neurologen und Neurochirurgen haben in vier Befunden leichte Abweichungen in ihren Messungen gefunden. Wenn das Problem so liegt wie angesprochen, dann beweisen die vier Befunde die Fibromyalgie indirekt.

Die schweren Schmerzzustände und die weiteren Symptome der Fibromyalgie haben, wie bereits erläutert, keine psychische Ursache, beim sekundären Fall sind explizit andere Vorerkrankungen ausschlaggebend. Wenn aber dauerhafte Schmerzeffekte etc. zu weitgehendem beruflichem und sozialem Ausschluß führen und sich nicht als heilbar erweisen, sind depressive Effekte eine geradezu logische Folge dieses Martyriums. Die Persönlichkeit wird dabei schrittweise ausgehebelt und unterminiert. Einige Mediziner sprechen von einer stark erhöhten Suizidquote bei dieser Krankheit, die angesichts der eintretenden Zustände nicht verwundern kann.

1 http://www.fibromyalgie-fms.de/fibromyalgie/

2 http://www.medizinpopulaer.at/archiv/medizin-vorsorge/details/article/fi-bromyalgie-alles-tut-weh.html

3 Eva Felde, Dr. Ulrike Novotny: Schmerzkrankheit Fibromyalgie, S. 15 f.

4 Eva Felde, Dr. Ulirke Novotny: Schmerzkrankheit Fibromyalgie, S. 16 f.; Prof. Johann Bauer: Fibromyalgie, S. 30

5 Dr. Wolfgang Brückle: Fibromyalgie endlich richtig behandeln und erkennen, S. 38

6 http://www.fibromyalgie-fms.de/fibromyalgie/

7 http://www.medizinpopulaer.at/archiv/medizin-vorsorge/details/article/fi-bromyalgie-alles-tut-weh.html

8 Dr. Thomas Weiss: Fibromyalgie. Die 100 wichtigsten Fragen, S.12 f.

9 Prof. Johann Bauer: Fibromyalgie, S. 49

Von der schwierigen Suche nach Heilmethoden bei Schmerzkrankheiten

Das Fibromyalgiesyndrom (FMS) gilt als schwere chronische, bisher nicht heilbare Erkrankung. Schmerzen in mehreren Körperregionen mit wechselnder Lokalisation in der Muskulatur und um die Gelenke sowie Rückenschmerzen treten auf. Sehr schnelle Erschöpfung, hohe Stressintoleranz, starke Reduktion körperlicher Belastbarkeit, Hitze- oder Kälteunverträglichkeit, chronischer Kopfschmerz können sich manifestieren, nicht selten mit verschlimmernder Tendenz oder phasenweisen mit Höhepunkten. Allergien, Schlaf- und Konzentrationsstörungen, Hörempfindlichkeit, Schwindel u.a. gehören dazu. Starke Stimmungsschwankungen kommen vor. Oder eine Schmerzhaube über dem Kopf bildet sich heraus. Dinge, die man in jedem Fall erinnern müßte, werden vergessen. Bisher wurden über 140 verschiedene Symptome dieser Krankheit beschrieben. Die Anzahl und Zusammensetzung beim einzelnen Patienten variiert, aber ein Set von 20 bis 30 tritt zumeist auf. Die Problemlagen können sich gegenseitig aufschaukeln und Fibromyalgieschübe entfachen. Das FMS gilt als schwer zu diagnostizierendes „Chamäleon unter den Krankheiten", da es Symptome und Warnzeichen von vielen anderen Gesundheitsstörungen nachahmen kann. Organe wie Leber, Schilddrüse, Niere und Hypothalamus geraten in ihrem verflochtenen Wechselspiel aus dem Takt.

Das FMS kann mit keinerlei Messungen, sondern nur durch Ausschluss anderer Diagnosen festgestellt werden. So vergehen oft viele Jahre, bis die Krankheit, wenn überhaupt, diagnostiziert werden kann. Selbst Schmerzpunkte, von denen früher mindestens elf als druckschmerzhaft gelten mußten, werden laut den medizinischen Leitlinien heute als Diagnosekriterium, nicht mehr angewandt. Die Auslöser der Krankheit sind unbekannt, außer bei der sekundären Form, wo z.B. orthopädische Schäden vorausgehen.

Um so interessanter ist jede Studie, die mehr Licht in die Funktionsweise dieser mysteriösen Krankheit bringt. So gelang es einem

Forscherteam um Nurcan Üçeyler und Claudia Sommer am Universitätsklinikum Würzburg, Schäden an kleinkalibrigen, schmerzleitenden Nervenfasern nachzuweisen. Auf diese Fasern konzentrierte man sich bei der Suche nach Auslösern der typischen Schmerzen bei Fibromyalgie. 25 FMS-Patienten wurden klinischneurologisch und mittels spezieller Nervenleitungsstudien untersucht.

Drei Testverfahren nutzten die Forscher für die Studie. Thermische Wahrnehmungs- und Schmerzschwellen der kleinen Nervenfasern wurden untersucht, um neuropathische Schmerzen besser zu charakterisieren. Auf Temperaturreize wurde weniger empfindlich reagiert. Die elektrische Erregbarkeit der Nervenfasern wurde einbezogen. Schwächere Antworten auf die elektrischen Impulse stellten die Forscher fest. Außerdem zeigten Hautproben eine deutlich reduzierte Anzahl kleinkalibriger Nervenfasern. FMS-Patienten bilden häufig Depressionen als Folgeerkrankung aus, Suizide kommen vor. Den Erkrankten standen deshalb zehn Patienten gegenüber, die an unipolarer Depression litten, aber keine Schmerzen aufwiesen. Sie zeigten wie gesunde Patienten keine Schädigung der kleinen Nerven. Diese Erkenntnisse könnten zu völlig neuen Therapieansätzen in der Zukunft führen.

Bisher werden unterschiedliche Behandlungsansätze kombiniert, die unter dem Stichwort multimodale Therapie geführt werden. Dazu gehört das Medikament Amineurin mit oft gutem Nutzen. Entspannungstechniken, Bewegung in limitiertem Rahmen, Kältekammer, psychologische Hilfe u.a. können etwas Linderung erbringen. Bei Reizdarm sollte die Ernährung umgestellt werden. Der Patient muß sich selbst informieren und ausprobieren, welche Maßnahmen sich in seinem Fall als hilfreich erweisen.

Während die Würzburger Studie nur Symptome der Krankheit zu belegen vermag, geht Prof. Johann Bauer, Arzt für Chirurgie und Innere Medizin, einen entscheidenden Schritt weiter. Er sieht Kompressionssyndrome im feinen Nervensystem als Ansatzpunkt für eine Heilung. Durch seine hand- und fußchirurigische Operationspraxis fielen ihm im Bereich von Akupunkturlöchern eiweißhaltige Verklebungen auf. Diese sind Durchtrittsstellen für feine Nerven, Venen und Arterien. Entfernte man die glasurartige Substanz und weitete diese Stellen, so reduzierten sich oft die Schmerzen überraschend, auch in weit entfernten Körperregionen. Innerhalb von einigen Monaten verdämmern die permanent falschen Signale ans Gehirn.

Aus diesem Ansatz entwickelte er eine Kartographie der Schmerzen, die auf dem chinesischen Meridiansystem basiert. Die Meridiane funktionieren wie Fernmeldeketten für elektrische Schmerzimpulse. So lassen sich die Schmerzbereiche der Fibromyalgie effektiv ordnen und erkennen. Bauer fand in vier Körperbereichen, auch Quadranten genannt, Konfigurationen von Akupunkturpunkten, die, wenn dort Verklebungen entfernt wurden, eine weitgehende Verbesserung zur Folge haben können. Oft genügte die Operation in einem Quadranten. Diese Schaltstellen befinden sich an beiden Unterarmen und Innenknöcheln.

Nach seinen Erhebungen von 2003 bis 2008 waren nach einem Jahr über 76,2 Prozent teilweise beschwerdefrei, darunter 42,1 Prozent die weitgehend geheilt waren. Nur bei 7 Prozent war kein Erfolg zu sehen. Dazu kommen 16,8 Prozent, wo keine Rückfrage möglich war. Aus dem Gespräch mit geheilten Patienten kann man erfahren, gerade bei schweren Fällen bedeutet es eine Rückkehr ins Leben. Auch bei einem teilweisen Erfolg wird der Gewinn an Lebensqualität nicht zu unterschätzen sein. Fehlschläge dürften dagegen kontroverse Debatten befeuern.

In einem Interview geht Bauer sogar soweit, er wäre gerne bereit, Kollegen in der Methode auszubilden, wenn sie von den gesetzlichen Krankenkassen anerkannt würde. Für die Kassen könnte sich das sogar rechnen, denn FMS-Patienten verursachen lebenslang durch Psychotherapien, Kuren, Fehloperationen und ihre vielen Arztbesuche sehr hohe Kosten. Selbstverständlich wäre es wünschenswert, wenn weitere Ärzte und Studien die Befunde bestätigen könnten, wie die medizinischen Leitlinien von 2012 beanstanden. Gleichzeitig muß man kritisch hinterfragen, wenn die Leitlinienautoren geprüfte Therapien und Medikamente stattdessen empfehlen, ob deren Linderungen sich nicht in bescheidenem Rahmen halten.

Probleme bei der Wundheilung gegen die Methode ins Feld zu führen, ist dann schon sehr problematisch, zumal wenn man sieht, wie akkurat Bauer gerade diesen Aspekt bei seinen Patienten betreut und die Gefahr von Störfeldern durch Narben beachtet. Ein Grund für solche Dissonanzen könnte sein, daß üblicherweise Psychiater, Psychologen, Rheumatologen und Schmerztherapeuten FMS-Erkrankte behandeln, die selten Erfahrungen mit mikrochirurgischen Eingriffen verfügen. Wie weit medizinisch-finanzielle Eigeninteressen eine Rolle spielen könnten, ist schwer abzuschätzen. Gänzlich ausschließen kann man sie auf allen Seiten nicht. Die Forschung sollte diese Konfliktlinien unbedingt überwinden.

Die Würzburger Studie und die Operationsergebnisse in der Schweiz weisen darauf hin, hier wird man weitere wissenschaftliche Funde erheben können. Bei sekundärer Fibromyalgie, etwa als Folge von Knochenverletzungen, könnte eine dauerhafte Überlastungssituation durch schmerzleitende Impulse, die über die Akupunkturpunkte laufen, die eigentliche Ursache sein. Warum jedoch die primäre FMS entsteht, Frauen sind davon besonders häufig betroffen, darf freilich noch längst nicht als geklärt gelten. Chronifizierte Schmerzen, Erschöpfungssyndrom und Fibromyalgie überlappen sich bei den Symptomen vielfach. Vermutlich würden weitergehende Forschungen helfen, auch abweichende Schmerzbilder zu behandeln, die bisher nicht heilbar sind. Bauers Schmerzkartographie in dem Band „Fibromyalgie. Körper ohne Schmerz" könnte dafür einer der Zugänge sein.

Kursbuch Fibromyalgie: Schwierige Hilfe

Fibromyalgie wird oft erst nach sieben bis zehn Jahren diagnostiziert. Man kann sie nicht mit medizinischen Meßverfahren aufspüren. Dr. Thomas Weiss beschäftigt sich seit zwei Jahrzehnten mit dem Krankheitsbild und bereitete ein Kompendium für betroffene Patienten auf. Fibromyalgie ist ein Defekt der Schmerzleitung und -verarbeitung. Das vegetative Nervensystem und das Hormonsystem sind in Mitleidenschaft gezogen. Weit verbreitete Schmerzen mit wechselnder Lokalisation in der Muskulatur, um die Gelenke oder Rückenschmerzen, Druckschmerzempfindlichkeit treten auf. Allgemeine Müdigkeit und unerklärliche Erschöpfung, starke Reduktion der körperlichen Belastbarkeit, Streßempfindlichkeit, chronischer Kopfschmerz, Allergien, Schlaf- und Konzentrationsstörungen, Hörempfindlichkeit u.v.a. können sich manifestieren. Bisher sind über 140 verschiedene Symptome beschrieben.

Die Krankheit gilt als nicht heilbar, man kann aber versuchen, die schlimmsten Auswirkungen mit multimodaler Therapie in Schach zu halten. So erweist sich Amineurin oft als hilfreiches Medikament. Angepaßte körperliche Aktivität hebt die Reizschwelle. Umgang mit Ernährung und Schlaf werden ausgeführt. Kältetherapie oder psychotherapeutische Unterstützung können helfen. Zur Wahrheit gehört: Wunder sind nicht zu erwarten. Allerdings gibt es operative Eingriffe, bei denen an ausgewählten Akupunkturpunkten Eiweißverklebungen entfernt werden. Angesichts von Teilerfolgen ist bedauerlich, daß dies nicht gründlicher erforscht wird.

Thomas Weiss: Kursbuch Fibromyalgie. Das Standardwerk zur Fibromyalgie, chronischen Schmerzerkrankungen und funktionellen Störungen, Südwest-Verlag, 256 Seiten, 19,99 €

Der Beitrag erschien in der Tageszeitung „Neues Deutschland" am 2.1.2014 auf der Gesundheitsseite

Sehr geehrter ...,

mein Anliegen wird für Mikrochirurgen gewiß nicht ganz alltäglich sein, man könnte von einem praktischen Forschungsversuch sprechen. Er bedarf guter mikrochirurgischer Kenntnisse und Einfühlungsvermögen in eine ungewohnte Aufgabe. Ob dies gelingen kann, wage ich nicht vorherzusehen. Sicher bin ich mir darin, seit einigen Jahren auf Fakten gestoßen zu sein, die den ernsthaften Versuch wert sind, der Sache auf den Grund zu gehen. Ich würde mich freuen, wenn Sie mich dabei unterstützen würden. Sie können dabei auch Fachkollegen einbeziehen. Ich werde von meiner Seite alle Ressourcen organisieren, die dafür erforderlich sind.

Bevor wir in die Details von Ursachen und Wirkungen gehen, vielleicht erst mal im Kern, welche Maßnahme vorgesehen ist. Es geht an der Außenseite des Unterschenkels um das Freilegen der Akupunkturlöcher 60, 59 und 58 des sogenannten Blasenmeridians. Diese müssen von gallertartigen Eiweißverklebungen befreit und im Anschluß etwas geweitet werden, damit sie sich nicht erneut zusetzen können und wieder zum Engpaß werden. Das erfordert mikroskopisches Instrumentarium, damit man diese Engstellen, in die sich Nervenenden und kleinste Arterien und Venen einhaken, finden kann. Ich habe mit einer Akupunkturlehrerin in Berlin intensiv gesprochen, auch mit anderen, daß man diese Punkte mit den Nadeln bis auf den Millimeter genau findet. Hier wird man das Wissen derjenigen, die sich mit Akupunktur auskennen, und andererseits mit mikrochirurgische Operationskenntnis zusammenbringen müssen. Aus dem beiliegenden Film kann man ersehen, der Professor in der Schweiz führt diese Methodik schon seit rund 25 Jahren aus, nur eben in anderen Bereichen. Der kopierte Buchausschnitt gibt etwas mehr Einblick, wie man auf dieses Wissen kommt, und mein Fachartikel mag den Einstieg erleichtern.

Um auf die Problematik zu kommen, bedurfte es freilich eines Vorlaufes von vielen Jahren und immer wieder Befassung mit dem

Thema und Abgleich mit dem, was evident zu beobachten war, die Reaktionsmuster der Krankheit. So will ich im folgenden versuchen, einen kurzen Abriß der Krankheitsausprägungen und Entwicklungen zu geben mit Blick darauf, wie man auf den oben skizzierten Schritt kommt, welche Indizien sich finden lassen. Als Patient habe ich natürlich den Vorteil, daß man alles sehr genau beobachten kann und damit über bekannte medizinische Expertise hinaus zusätzliche Schlüsse und Fragestellungen möglich sind. Nachteil ist, daß man viel Mühe aufwenden muß, um sich in jeweils weitere medizinische Sachverhalte einzuarbeiten.

Verursacht durch eine durchbrechende, dann offene Nekrose im oberen Sprunggelenk bildete sich bei mir im Fuß 2005 chronifizierter Schmerz im Gelenk nach sechs Monaten nicht erfolgter Behandlung und zugleich eine spezielle Ausprägung von sekundärer Fibromyalgie. Die Nekrose hatte sich als Spätfolge aus einem mehr als zehn Jahre vorher geschehenen dreifachen Bruch des Sprunggelenks entwickelt. Erst im dritten MRT mit veränderter Einstellung konnte die Nekrose erkannt werden, genau dort, wo die Hauptschmerzquelle lag. Ich hatte das zweifelhafte Vergnügen, gegen ziemlich viele Orthopäden Recht zu behalten. Arthroskopie und spätere Knorpelimplantation konnten den Schaden nur noch bedingt aufhalten. Einige deutliche Fortschritte erbrachte 2011 das künstliche Gelenk.

Als nicht heilbar erwiesen sich bisher die Folgeeffekte, die mit der sekundären Fibromyalgie ins Spiel kamen. Zwar kann ich wieder laufen; mache ich das auf längeren Distanzen testhalber ohne zwei Stützen, entsteht ein sehr starker Druck auf den Kopf und eine nachfolgende weit überproportionale Erschöpfung. Schon bei sehr kurzer Wegstrecke ohne Gehhilfen oder mit nur einer ist immer ein deutlicher Schwindel spürbar. Nach der Arthroskopie 2008 hatte ein sehr kurzer Testlauf noch einen Fibromyalgieschub verursacht, der eine Woche anhielt.

Generell sind Reizschwellen stark erniedrigt etwa bei Streß, Lärm, hoher Temperatur etc. Sichtbar sind massive Belastungsintoleranzen, zum Beispiel im handwerklichen Bereich. Bei Krafteinsatz und Anspannung sind innerhalb weniger Minuten die Grenzen des Möglichen überschritten. Ohne Amineurin könnte ich nicht einmal schreiben oder länger Musik hören. Das Nervensystem wird beständig unterminiert. Phasenweise kommt es zu sehr starker oder gar extremer chronischer Übermüdung. Alle diese Faktoren sind eindeutig Folgeprozesse der unbehandelten Nekrose im Fuß. Wir wissen also in diesem Fall ganz eindeutig, was das ausgelöst hat, woher es kam.

Auffällig ist, seit Beginn vor zehn Jahren, es gibt eine Reaktionskette aus drei Komponenten. Diese geht vom rechten Fuß nahe der ursprünglichen Schmerzhauptquelle aus, hat Wirkungen auf den Bereich der Wirbelsäule, ungefähr sieben Zentimeter über der Gesäßfalte. Vor allen Dingen in den ersten Jahren hat es dort massiv gestochen, man merkt es jedoch heute noch besonders bei Belastungen, Streß. Der Umkreis war oft mit involviert. Das dritte Glied der Kette ist großflächig der gesamte Hinter- und Oberkopf, der zum Brennen gebracht wird. Jedes Stück mehr an Laufen, Aktivität und Konzentration bringt die Dreierkette in schöner Regelmäßigkeit in scharfe Reaktionstätigkeit. Das ist einer der Schlüssel, um den Code dieser Krankheitsausprägung zu knacken.

In den zurückliegenden Jahren habe ich ziemlich viel Literatur zur Fibromyalgie und Erschöpfungssyndrom etc. gelesen, kenne die Leitlinien zu FMS und deren gravierende Veränderungen. Viele Male beschäftigte ich mich dabei auch mit Prof. Johann Bauer und seinen Publikationen. Der Anstoß für das künstliche Gelenk etc. kam unter anderem von ihm. Mir war von Anfang an klar, daß damit nur ein Teilerfolg errungen werden kann, gleichwohl ich ihm sehr dankbar bin, denn ohne seine Empfehlung hätte ich diesen schwierigen Schritt angesichts der Widerstände mehrerer Endoprothetiker nicht gewagt. Es zeigte sich, daß man damit die Chronifizierung aus dem Gelenk selbst herausbekommen hat.

Bei einer gutachterlichen Untersuchung im Schwerbeschädigtenverfahren war ich bei dem Fibromyalgiespezialisten Thomas Weiss in Mannheim und konnte dort die Meridiane an einem großformatigen Figuren-Modell studieren. Dabei fiel mir sofort auf, daß der Verlauf des Blasenmeridian 60 bis 58 identisch ist mit dem Schmerzstreifen, der sich mit dem Einbruch der Nekrose ins Sprunggelenk herausgebildet hatte. Diese Beobachtung führte zu der Einsicht, daß ich mich mit der Logik dieses Meridiansystems und damit verbundenen Fragen, auf dem Bauer seinen Ansatz mit gründet, zwingend befassen mußte. So wurde mir klar, die Verbindung zwischen Fuß, dem Bereich der unteren Wirbelsäule und dem Kopf, die ich suchte, ist der Blasenmeridian. Er verknüpft alle drei Teile. (Zuvor hatte ich z.B. von Marco Mumenthaler u.a. den Band zu den Läsionen peripherer Nerven versucht durchzuarbeiten, ohne auch nur einen Schritt weiterzukommen.)

Bei einer Akupunkturlehrerin in Berlin haben wir uns das etwas genauer angesehen, um zu überprüfen, ob die Beobachtung zutrifft. Dazu ist die Vorbemerkung zu machen, dieser zwei bis drei Zentimeter breite Schmerzstreifen ist nach erfolgter Arthroskopie weitgehend verdämmert. Bis zur Einnahme von Mydocalm ein Jahr nach Auftreten desselben wurde der Streifen so aggressiv, daß man nicht einmal den Fuß beim Schlafen gerade hinlegen konnte. Es war immer notwendig eine weiche Decke unterzulegen und am besten den Fuß zur Seite zu kippen. Beim Laufen waren diese Spannungen extrem unangenehm über die Gelenkproblematik hinaus. Beim Studium der Anatomie des Fußes ließ sich zunächst nicht der geringste Ansatz finden, womit man es hier zu tun haben könnte. Mydocalm trug dazu bei, diese schmerzenden Effekte etwa zu halbieren. Das Medikament erwies sich auch höchst wirksam, um die besprochene Stelle an der unteren Wirbelsäule in Schach zu halten. (Bei diesem Aspekt stieß ich früh auf einen kleinen Artikel, der Fuß und diesen Rückenbereich als mit Wechselwirkungen behaftet beschrieb.) Die Hauptquelle der Schmerzen, die sich hinter/leicht unter dem rechten Außenknöchel befand, verschwindet erst mit dem künstlichen Gelenk.

Die Akupunkturlehrerin bestätigte im Prinzip meine Beobachtung, machte aber darauf aufmerksam, daß sich völlig parallel zum Blasenmeridian in dem Bereich 60 bis 58 ein Muskelmeridian befindet. Dieser könnte jene Auswirkungen, die ich beobachten konnte, verursacht haben. Da Mydocalm muskelentspannend wirkt und diese Effekte mit der Einnahme zu beobachten waren, ist das nicht ganz von der Hand zu weisen, daß an dieser Überlegung etwas dran sein könnte. Ohnehin gibt es zwischen den Akupunkturpunkten keine bisher sichtbare Struktur, der die elektrischen Impulse folgen. Es könnte so sein, daß die Impulse diesen Muskelmeridian massiv gereizt haben, in jedem Fall die Struktur, die es dort gibt. (Während ich den Endpunkt des Streifens relativ genau erinnern konnte, drei bis vier Zentimeter unter der höchsten Wadenerhebung, kann man sich bei der Biegung nach außen durchaus um einen Zentimeter nach rechts oder links verschätzen.)

Ich habe mir natürlich die Frage vorgelegt, was in etwa abgelaufen sein könnte, wie kann man das erklären? Warum sahen wir ausgerechnet in diesem Abschnitt Blasenmeridian 60 bis 58 die beschriebenen Effekte? Offenkundig müssen die elektrochemischen Signale, von Akupunkturpunkt zu Akupunkturpunkt weitergefunkt werden zum Gehirn, denn es war nicht etwa der Blasenmeridian 60 bis 63 betroffen, und soweit man sehen kann, auch keine Querverbindungen zur inneren Fußseite, die mit dem Nierenmeridian verbunden sind. Dies zeigte mir Bauer in einem seiner Fachbücher. Als zweite Frage muß Antwort finden, warum der Schmerzstreifen am Punkt Bl 58 abrupt aufhörte. Meine erste Überlegung war, weil sich dort der Meridian in zwei Strecken teilt und sich damit die „elektrische" schmerzbedingte Belastung auf zwei Bahnen verteilen kann. Die Hinweise der Lehrerin lassen natürlich noch eine zweite Interpretation zu. Am Punkt 58 löst sich der Blasenmeridian vom Verlauf des Muskelmeridians. Auch das könnte ursächlich sein. Der Punkt Bl 60 wiederum liegt sehr nah an der Hauptschmerzquelle.

Die Eiweißverklebungen bzw. die Kompressionssyndrome bei diesen extrem feinen Nerven selbst, da gibt es sicher kaum eine realistische Chance dafür, durch Tasten etc. entsprechende Belege zu erheben, außer man macht sich davon operativ ein Bild. Wahrscheinlich ist, daß wenn es Deformationen gibt, die im Bereich des früheren Schmerzstreifens zu finden sind und eher nicht im Bereich Bl 57, 56 usw. Gibt es die Verklebungen, ist es gänzlich unwahrscheinlich, daß sie sich nach Verschwinden des Schmerzes von allein zurückbilden. Selbst wenn man den medizinischen Ansatz des Schweizer Operateurs nicht kennen würde, läge in mehrfacher Hinsicht der Verdacht nahe, daß die Problemstruktur im Fußbereich eine auslösende Komponente enthält, auch aktuell.

Kommen wir dazu, warum die vier Schaltstellen, die Prof. Bauer operiert, bei mir keinerlei Relevanz haben dürften. Bis mir das klar wurde, dauerte es mehrere Jahre. Ich habe mir von Anfang an die Frage gestellt, welcher der vier Quadranten bei mir in Frage käme. Die Antwort war schwierig, das wurde mir sehr schnell klar. Zwar ließ sich unten rechts als Ausgangspunkt verorten, man konnte auch ziemlich sicher sagen, die Schmerzhaube am Kopf ist da. Letzteres würde nach seiner Systematik auf obere Quadranten deuten, im Gespräch meinte er, es könnte von sehr verschiedenen Quellen stammen. Auch sein Fragebogen, der diese Aspekte helfen soll zu klären, gibt kaum Anhaltspunkte, eher ein irritierendes Bild für meinen Fall, was ihn wohl auch kapitulieren ließ.

Besonders wichtig ist aber, daß seine gründliche Abtastung des Körpers nach seiner Methodik keine Ergebnisse erbringt. Zugleich gibt es aber eine Vielzahl vegetativer Störungen, die auf Fibromyalgie weisen. Mehrere andere Ärzte diagnostizierten sie. Dazu läßt sich ergänzen, die Patientenfiguren mit schraffierten Schmerzbereichen, die er präsentiert und wo dann nach den Eingriffen von seiten der Patienten die Verbesserungen eingezeichnet sind, diese Muster spielen bei mir keine Rolle, und nur er betont diese Bereich so, andere Fibromyalgieexperten in ihren Büchern nicht. Natürlich zeigten sich ohne Amineurinversorgung auch bei mir vereinzelt wandernde Schmerzen im Rücken und andere unerklärliche Effekte. Das ist aber nie eine Dominante des Krankheitsbildes gewesen (außer die weiter oben genannten Stellen). Wenn also die vier Schaltstellen besonders diese Effekte beheben wollen, dann wäre eine Operation dort völlig wirkungslos.

Fibromyalgien können völlig unterschiedliche Erscheinungsformen annehmen, unter anderem deshalb dauert es oft Jahre, bis sie erkannt werden als Krankheitsbild. Spannend ist, daß die Leitlinien zum FMS das Diagnosekritikerium, daß 11 von 18 speziellen Tenderpunkten druckschmerzhaft sein müssen, völlig fallen gelassen haben, was auch bei einem Vortrag in Berlin von Ausbilderinnen im Bereich FMS betont wurde. Es gilt nicht mehr. Bevor ich in die Schweiz zu Prof. Bauer gefahren bin, habe ich mich natürlich intensiv damit beschäftigt, wie seine Methode zu bewerten ist. So gelang es mir über verschiedene Kontakte, mit zwei ehemaligen Patienten ausführlich telefonisch zu sprechen, die mir versicherten, daß die Operation erhebliche Verbesserungen erbracht habe.

Gleiches geht aus einer medizinischen Diplomarbeit hervor, wo eine Patientin begleitet wurde und der Sachstand beschrieben wird. Der erste und der vierte Eingriff führten dort zu Besserungen. Weitere Quellen sind mir bekannt. Wenn man sich die Unterlagen von Bauer ansieht, dann kann er einige Aussagen nur machen, weil er sich mit den Krankheitsbildern sehr gut auskennt. Das Muster Schmerzhaube am Kopf, das erwähnt kein anderer Autor eines Fibromyalgiebuches. Aber ich sehe, es tritt bei mir auf.

Schaut man sich aber die zitierten Prozentzahlen in meinem Artikel an, daß es einen großen Anteil gibt, wo nur teilweise Beschwerdefreiheit erreicht wird und auch einige Fälle auftauchen, wo die Methode wirkungslos bleibt, so wirft dies die Frage auf, warum das so ist. Natürlich kann es Fälle geben, in denen eine falsche Diagnosestellung vorliegt. Aus Bauers Ausführungen geht aber auch hervor, daß die glasurartigen Verklebungen nicht nur an den von ihm operierten Stellen auftauchen, sondern auch andere Akupunkturlöcher betroffen sein können. Das, was ich hier in meinem Fall beobachten kann, legt den Verdacht nahe, daß es abweichende Fälle geben könnte, wo man andere Operationsstrategien testen muß. Würde der von mir vorgeschlagene operative Eingriff zu Verbesserungen führen, hätte dies für die weitere Forschung einen wichtigen Erkenntnisschritt freigelegt. Besonders bedauerlich wäre es, wenn es nur deshalb scheitert, weil man irgendetwas verkehrt angeht dabei.

Schauen wir uns einmal ein paar Indizien an, die zunächst scheinbar nichts belegen können. Sie geben uns aber unscharfe Hinweise, die besagen, daß da etwas ist. Da sind in den ersten Jahren aufgefallen: Läsion des Nervus fibularis pereneaus communis, Amplitudenreduktion des N. suralis (DD: artefaktgestört). Unspektakulär, aber wenn man sich anschaut, wo N. Suralis liegt, sicher kein Zufall. Auf den Bereich im Rücken dürfte hinweisen: mäßige neurogene Veränderungen im L-5, L-4 und S-1 versorgten Muskel (Wurzelschädigung). Seit etwa 2006/07 tauchte am rechten Fuß eine Stelle auf, einige Zentimeter über dem äußeren Knöchel, die ich mir unwillkürlich immer wieder zerkratzte. Eine kleine Stelle nur. Durch einen zufälligen Umstand kam heraus, daß solche Hautveränderungen neurologischen Ursprungs sind. Mit Clobe Galen behandelt, verschwand sie. Bauer spricht bei seinen Operationen davon, es käme nach dem Eingriff zu einem Erstverschlimmerungseffekt. Nach der Operation, in der das künstliche Gelenk implantiert wurde, war direkt danach ein solcher Effekt zu beobachten. Es war nicht möglich Fernsehen zu schauen, es hat gleich der Kopf sehr stark geglüht. Nach zwei, drei Tagen ging das zurück. Wir müssen also mit der Struktur Kontakt dabei gehabt haben, die dieses ganze Schmerzsyndrom am Leben erhält und von der Prof. Bauer spricht. Das sind, wie gesagt, nur indirekte Hinweise. All das wird aber nicht grundlos zu beobachten sein.

Angesicht der einschneidenden Konsequenzen, die diese Ausprägung des sekundären Fibromyalgiesyndroms hat, scheint es mir angemessen, zu versuchen, was möglich ist, auch experimentell festzustellen, ob man mit der vorgeschlagenen Methodik das Syndrom zurückdrängen kann. 2006 ohne Amineurin ging das partiell bis in einen Bereich, wo ich viel Zeit im Bett verbringen mußte. Wenn ich damals nicht bei Dr. Mosler dieses Standard-Medikament für Fibromyalgie bekommen hätte, obwohl er von FMS nichts wußte, wie ich später erfuhr, hätte ich die Sache über kurz oder lang nicht überlebt. Den Zustand, den wir da hatten, den halten sie nur eine begrenzte Zeitspanne durch. Ich hätte jedenfalls ohne Aussicht auf Verbesserung mit der Zeit eine schwierige, aber klare Entscheidung getroffen. Erst in den letzten Jahren zeigte sich, daß alternative mögliche Medikationen in mehreren Fällen fehlgeschlagen sind. Das beschreibt auch wieder nur Bauer, daß beim FMS gehäuft Medikamente unvorhergesehene Probleme verursachen, zum Beispiel Allergien oder Unverträglichkeiten, Ekzeme. Nach der Knorpelimplantation mußte ich hinterher eine Woche in der Dermatologie verbringen. Die nachfolgenden Operationen verliefen unproblematisch, ich hatte informiert über diesen Sachverhalt.

Man sieht auch, daß die Fibromyalgie sich mitunter weiterentwickelt. Man kann sicher nicht von einer fortschreitenden stetigen Verschlimmerung sprechen. Wenn aber Phasen seit 2013 von vier bis fünf Monaten mit massiver Übermüdung auftreten, völlig jenseits der normalen Bandbreite, und jener die von Amineurin gefördert wird, wirkt das schon massiv nachhaltig. So man nur noch

Wellenlinien sieht, wie im letzten Oktober, ist irgend etwas richtig faul. Seitdem fallen auch kleinere Allergien auf, ohne erkennbaren Anlaß durch Medikamente. Dinge, an die man sich in jedem Fall erinnern müßte, sind plötzlich weg. Nicht oft, aber es fällt auf.

Reduziert man die Dosis eine Woche lang von 35 mg auf 25 mg herunter, ist man zwar wacher, aber man merkt, wie der Druck auf das Nervensystem immer größer wird. Auf der Zeichnung zum Sinn und Zweck einer Quadrantenoperation sieht man die Funktionsweise. (eine Zeichung von Bauer, hier nicht anbei) Die Falschmeldungen an das Gehirn werden mit Stimulus und mit geringerer Dosis Amineurin immer stärker. Es sieht so aus, daß man, wenn man das Medikament völlig absetzt, den verheerenden Zustand von 2006 immer noch antreffen würde. Damals konnte ich keine zwei Absätze mehr schreiben. Es fühlte sich an, als ob man in 39 Grad Fieber hineinschreibt. Seit 2005 mußte ich viele Aktivitäten einstellen oder einschränken. Selbst ein Zusammenleben in einer eigenen Familie, man wagt es eher nicht, weil klar ist, daß man immer wieder mit verschiedensten Attacken rechnen muß, wie Fibromyalgieschüben etc., die bei mehr Belastung durch Familie schneller zum Zuge kommen würden. Ein Trauerspiel.

Ich habe versucht, viele Details anzusprechen, damit man ein wenig nachvollziehen kann, warum ich auf den oben genannten Vorschlag zu einer Operation komme. Für Nachfragen stehe ich jeder Zeit zur Verfügung. Wenn der Eingriff bei Bauer möglich gewesen wäre, hätte ich das in jedem Fall vorgezogen, weil er sehr viel Erfahrung damit hat. Er kommt ursprünglich aus dem handchirurgischen Bereich. Vermutlich hat mein Bruder recht, wenn man dem Professor etwas neben seiner üblichen Strategie vorschlägt, dann ist das viel zu aufwendig, sich überhaupt damit auseinanderzusetzen, obwohl es dafür guten Grund geben könnte. Vielleicht gefällt ihm der Gedanke nicht, daß man neben den üblichen operierten Bereichen andere finden kann, die von Relevanz sein können. Schwer zu sagen. Zur Wahrheit gehört, daß er mir durch seine Empfehlungen sehr geholfen hat und das Ausweichen in diesem Fall dazu beigetragen hat, über einige Fragen erneut gründlicher nachzudenken, von denen berichtet wurde.

Ich bitte zu bedenken, daß ich mich mit den Fähigkeiten und Möglichkeiten mikrochirurgischer Fertigkeiten nur sehr begrenzt auskennen kann. In dem Film weist Bauer darauf hin, daß man bei der Operation diese Akupunkturlöcher nicht zerschneiden darf, weil dies zu Schmerzfeldern führt. Er sagt auch einiges zur Schnittführung, was wichtig sein kann auch für das Vorgehen hier. Mit Hilfe einer Fachkraft im Bereich Akupunktur sollte sich die Lage der Punkte millimetergenau finden lassen, unabhängig davon, wie sie sich in der jeweiligen Bewegungskonstellation des Beines verorten. Das müßte man versuchen operativ zu übersetzen. Vermutlich wird man drei Schnitte führen müssen. Durch die Konsultation mit der Akupunkturlehrerin entstand ein Maßband, was sich dafür einsetzen läßt, die Punkte selbst zu finden. Aus diesem Band geht auch hervor, daß die chinesische Einheit cun bei meinen anatomischen Gegebenheiten knapp 2,6 cm betragen sollte. Punkt Bl 60 findet sich auf der Mitte zwischen Achillessehne und dem höchsten Punkt des Außenknöchels mit 0,5 bis 1 cun Tiefe. Bl 59 liegt 7,8 cm (3 cun) senkrecht über Bl 60 ebenfalls mit 0,5 bis 1 cun Tiefe. Das dritte Akupunkturloch Bl 58 befindet sich bei gestrecktem Bein 1 cun unterhalb und lateral der Spitze des Dreiecks, das durch die Wadenmuskulatur gebildet wird. Es ist 0,7 bis 1 cun tief angesiedelt und 18,2 cm (7 cun) oberhalb des Bl 60.

Aus dem Film kann man viele weitere Aspekte des operativen Vorgehens bei Bauer ersehen. Darüber hinaus gibt es zwei Bücher, die im weiten Rahmen alle Aspekte der Krankheit versuchen zu beschreiben. Auskünfte zu den operativen Vorgehensweisen selbst beschränken sich dort auf einige wenige Passagen. Was auch immer an Detailinformationen gebraucht wird, geben Sie Bescheid und ich werde Antwort versuchen oder entsprechende Details aufspüren. Wenn gewünscht, beschaffe ich die beiden Bücher für Sie.

Es ist mir wahrlich nicht leicht gefallen, diesen Brief in mehreren Anläufen zusammenzustellen. Ich würde mich riesig freuen, wenn Sie meine Zeilen nicht zur Seite legen und die Herausforderung annehmen könnten. Vielleicht kennen Sie auch einen Kollegen, der möglicherweise weitergehende Fähigkeiten hat. Mir ist klar, damit bewegt man sich im Forschungsbereich, auch wenn die Methode als solche an anderer Stelle seit einem Vierteljahrhundert angewendet wird. Die Krankenkasse wird uns sicher nicht weiterhelfen, bestenfalls wird man Untersuchungen im Umfeld abrechnen können, nicht den Eingriff selbst. Ich wäre grundsätzlich bereit, 4000 € dafür bereitzustellen und was man noch benötigen würde, z.B. im Kontext der Fachkraft für Akupunktur.

Selbst wenn wir damit das Fibromyalgiesyndrom erheblich zurückdrängen können oder sogar weitergehende Heilung erreichen, wird es eher drei bis zwölf Monate oder sogar länger dauern, bevor das schrittweise sichtbar wird. Die Regeneration dieser kleinen neurologischen Strukturen braucht Zeit. Natürlich kann man auch ein Scheitern nicht gänzlich ausschließen. Sollte sich eine gravierende Verbesserung herausstellen, deutlich mehr als 50 Prozent und darüber hinaus, bin ich bereit, diesen Erfolg mit 3000 € zusätzlich zu flankieren. Für mich ist das sehr viel Geld, aber ich kenne auch die fortwährende Quälerei, die mir diese Sache seit mehr als zehn Jahren beschert. Es ist auch klar, so schnell wird es nicht wieder einen Patienten geben, der sich soweit durchkämpft und nicht kapituliert. Derzeit sieht es fast so aus, als ob man an diesem letzten entscheidenden Schritt scheitert. Sollte es positive Ergebnisse erbringen, würde ich das auch an eine FMS-Forschergruppe weiterleiten etc., damit diese Erkenntnisse auch weiter genutzt werden und vielleicht auch in anderen Fällen zukünftig helfen können. Der Erkenntnisstand dort ist, soweit man dies beurteilen kann, nicht wirklich von Heilungserfolgen begleitet bislang.

Ich schlage vor einen Termin zu vereinbaren, sich ernsthaft zusammensetzt und versucht, die Probleme der Operation zu besprechen und wie Lösungsstrategien aussehen können. Vielen Dank für Ihre Aufmerksamkeit.

Mit besten Wünschen
Marko Ferst

Sehr geehrter Prof. Johann Bauer,

es ist zweifelsohne richtig, daß Forschung zu Fibromyalgien, die sich nicht einem Quadranten zuordnen lassen und stattdessen eine sehr aggressive, belastungsabhängige Schmerzhaube über den Kopf ausbilden, faktisch nicht existiert. Man kann also bestenfalls sehr genau versuchen, die Ausprägung der Krankheit am eigenen Körper zu studieren und zugleich Ihre Erkenntnisse und die sehr zahlreicher anderer Bücher zum FMS sehr gewissenhaft auswerten. Der Sache auf die Spur zu kommen gelingt nur, wenn man konsequent analysiert und nachhakt mit etwas Neugier im Gepäck. Es können Fehler unterlaufen. Sicher. Die Alternative heißt: die Flinte ins Korn schmeißen und extreme Quälerei auf Lebenszeit.

Ausgelöst durch eine drei Jahre nicht erkannte und behandelte Nekrose im oberen Sprunggelenk (rechts) bildeten sich chronifizierter Schmerz und zugleich in dessen Schlepptau Muster, wie man sie so bei Fibromyalgien vorfindet. Wenn man sich die vielen Folgewirkungen anschaut – stark erniedrigte Reizschwellen, extreme Lärmempfindlichkeit, massive Leistungseinbußen, extreme chronische Müdigkeit, Allergien, Schwindel, Kopfschmerzen, hochgradige Streßempfindlichkeit, emotional nicht belastbar, FMS-Schübe, inzwischen zeitweise auch Reizdarm, zahlreiche Medikamentenunverträglichkeiten u.a., dann sind das alles Faktoren, die beim FMS Hauptrollen inne haben.

Das Standardmedikament Amineurin für FMS ist der nächste Kronzeuge. Das ermöglicht vieles, was sonst nicht mehr ginge. Ohne könnte ich kaum zwei Absätze schreiben, der Kopf würde oft glühen wie eine Herdplatte und die Zeiten der Bettlägerigkeit nähmen rapide zu. Das ganze Nervensystem wird dabei offenbar unterminiert. Es wäre wie ein „Tor zur Hölle", und 2006 ohne Medikation war völlig klar, diesen Zustand hält man nicht sehr lange durch. Ohne Amineurin wäre das irgendwann tödlich ausgegangen, diese Form von Folter ist einfach als permanenter Gast zu massiv. Schon wenn man von 35 mg auf 20 mg Amineurin über eine Woche runter geht, entfacht man rabiate Achterbahnfahrten. Warum verbessert ausgerechnet das FMS-Standardmedikament Amineurin in erheblichem Ausmaß (Thomas Weiss)? Bisher erwiesen sich alternativen Medikationen allesamt unverträglich. Es zeigt sich auch, einige Aspekte der multimodalen Therapie für FMS sind geeignet, diese Quälerei hier besser durchzustehen.

Ich muß erklären können, wie vermochte die extrem schmerzende Nekrose im Sprunggelenk eine derartige Schmerzhaube am Kopf bewirken. Ursache und Wirkung sind absolut eindeutig. Dazu braucht es außerdem eine Erklärung, warum das über den Bereich ca. sieben Zentimeter über der Sitzfalte an der unteren Wirbelsäule läuft. Diese drei Punkte hängen zusammen, wie in der Zeichnung zu sehen (nicht anbei M.F.). Sie aktivieren sich teils gegenseitig. Auch nach dem Einsatz des künstlichen Gelenks kann man spätestens bei erniedrigter Reizschwelle jeden Schritt beim Laufen im Kopf spüren, läßt man eine Stütze weg. Vor der Operation bin ich einmal fünfhundert Meter ohne Stützen gelaufen, sechs Monate nach der Arthroskopie, das hat eine ganze Woche für einen FMS-Schub gesorgt. Auf Grund der Beschreibungen über die Funktion der Meridiane in Ihren Büchern, den Blasenmeridian als Überträger der falschen Signale zu vermuten, drängt sich geradezu auf. (Die großen Nervenbahnen oder den Muskelmeridian, der vom Fuß bis zum Hinterkopf führt, kann man ausschließen. Auch für Folgedeformationen im Gehirn selbst spricht nicht sehr viel.) Aber bitte, was schlagen Sie vor, welche Struktur wäre sonst in der Lage, derart gravierende Auswirkungen vom Fuß auf den Kopf zu übertragen? Das sind körperliche Bereiche, die weitestmöglich auseinanderliegen.

Geht man von Ihrer Überlegung aus, daß verklebte Akupunkturlöcher die organisch verursachende Quelle des üblichen FMS ist, dann wäre es reichlich dumm von mir auszuschließen, daß angesichts der oben aufgeführten zahlreich vorhandenen FMS-Symptome, dies plötzlich nicht mehr so sein sollte. Dabei ist Ihnen völlig zuzustimmen, bringt man die flächenhaften Schmerzbereiche, wie sie die Patientenbilder zeigen, in Ihren Unterlagen mit den jeweiligen zu operierenden Schaltstellen der Quadranten zusammen, dann kann man klar sagen, eine solche Wechselbeziehung besteht bei mir nicht. So erbringen auch damit verknüpfte Aspekte der Anamnese keine Ergebnisse. Wir haben nicht irgendwo ein erhärtbares Indiz dafür, daß ein bestimmter Quadrant betroffen ist. Es liegt keine Ganzkörper-Fibromyalgie vor, wohl aber eine, die in schwerer Form auf den Kopf zugreift. Ob die Bezeichnung „Fibromalgie" dafür optimal ist, kann man bestreiten, sicher. Zahlreiche Begleiterscheinungen sind bei aller Variabilität des Phänomens dieselben. Nimmt man jedoch die amerikanische Bezeichnung der Krankheit als „Energiemangel-Krankheit", steht man plötzlich völlig im Zentrum des Problems. Der Leistungsentzug bei vielen spezifischen Belastungen ist ein sehr zentraler Effekt meiner Krankheitsausprägung. (Kurzzeitige schwere körperliche Anstrengungen, selbst Lesungen, können schnell ein bis zwei Tage Aufenthalt im Bett bei starker Schwäche provozieren.) Es muß auch gute Gründe haben, daß die Leitlinien-Autoren vor einigen Jahren die druckschmerzhaften Punkte als Kriterium für das Bestehen der Krankheit völlig verworfen haben. Das kann nur heißen, daß es zu oft Fälle gab, wo dieser Faktor keine Rolle spielte.

Kommen wir aber auf die Übertragungs-Kette in meiner Zeichnung zurück. Ganz unabhängig von der Ursache muß es in den ursprünglichen Schadbereichen des Fußes eine deformierende Veränderung gegeben haben, die auch aktuell ohne Amineurin den Kopf schnell zur Herdplatte machen würde. Die Hauptschmerzquelle hinter/leicht unter dem Außenknöchel ist mit der Implantation des künstlichen Gelenks erloschen. Zeitlich davor ist der Schmerzstreifen, der die Strecke des Blasenmeridians 60 bis 58 abbildet, nach der Arthroskopie verdämmert. Allerdings hatten hier über drei Jahre sehr starke Schmerzen bestanden. Das gilt auch für die Stelle an der unteren Wirbelsäule, zuweilen mit starker Ausstrahlungskraft (heute nur sporadisch, häufig bei stärkeren Belastungen).

Mit Hilfe einer Akupunkturlehrerin habe ich auch überprüfen lassen, ob der Schmerzstreifen wirklich den Punkten Bl 60 bis 58 entsprochen haben kann. Sie meinte, das, was da geschmerzt haben dürfte, könnte der Muskelmeridian sein, der bis zur Bl 58 völlig parallel zum Blasenmeridian verläuft. Für diese Annahme könnte sprechen, daß Mydocalm als Muskelentspanner die Probleme dort damals etwas reduzieren konnte, wenn auch keinesfalls beseitigen. So ergeben sich Erklärungsansätze, warum der Schmerzstreifen abrupt an der 58 aufhörte. Muskel- und Blasenmeridian teilen sich dort, daran könnte es liegen, zugleich teilt sich dort auch der Blasenmeridian selbst. (Als ich den Verlauf des Meridians am Fuß bei Thomas Weiss an einer Figur gesehen habe, begriff ich sofort, das, was Prof. Bauer zu den Meridiansystemen sagt, muß man offensichtlich sehr ernst nehmen. Jahrelang hatte ich nicht die geringste Idee, welche anatomische Struktur hinter dem Schmerzstreifen steckt.)

Grundsätzlich kann man festhalten, der Schmerz der Hauptquelle hinter dem Knöchel hat im anschließenden Schmerzstreifen zu einer Art Überlastungsreaktion geführt. Diese Aussage kann man, glaube ich, in Stein meißeln, egal welche verursachende Struktur dahinter stecken würde. Wir haben außerdem zahllose Hinweise auf Störungen und Indizien, die auf eine FMS-artige Krankheit hinweisen. Wo anders als im örtlichen Quellbereich der Krankheit, sollte man nach dem auslösenden Störpotential suchen? Was anderes sollte das auslösen als verklebte Akupunkturlöcher? Das künstliche Gelenk hat zumindest den chronifizierten Schmerz im Gelenkbereich weitgehend ausschalten können, insofern bleiben Ihre diesbezüglichen Vorschläge von damals unbedingt lobenswert.

Meine Überlegung war nun zu sagen, die Akupunkturpunkte Bl 60 bis 58 könnten durch die Überlastung im Schmerzstreifen verklebt worden sein. Sie meinen, Sie finden diese Punkte nicht. Die Akupunkturlehrerin wie auch eine weitere Behandlerin versicherten mir, daß man diese Punkte auf den Millimeter genau treffen kann mit den feinen Nadeln. Auch in der Fachliteratur wird das relativ exakt angegeben, mit Abstrichen. Selbstverständlich sollten das nur ausgebildete Fachkräfte vornehmen. Klar ist, Schnittführung und Vorgehen sind Neuland. Die alte Narbe kann für den Punkt 59 vielleicht Unwägbarkeiten enthalten. Da Sie so noch nicht operiert haben, wird es für Sie auch schwer sein vorherzusehen, mit welcher Situation Sie es zu tun bekommen. Das kann ich gut verstehen. Beim Einsatz des künstlichen Gelenks kam es kurz nach der OP zu dem von Ihnen beschriebenen Erstverschlimmerungs-effekt (z.B. war Film sehen völlig unmöglich wegen massiver Konzentrationsstörungen wie bei einem sehr starken FMS-Schub). Der Eingriff muß auf die Struktur getroffen sein, die üblicherweise in Ihren Operationen eine Rolle spielt.

Wenn man versuchen will aufzuklären, wie diese Übertragungskette im Körper funktioniert bis hin zum Kopf wie in der Zeichnung angegeben, muß man bereit sein, die Fragen, die sich damit ergeben, zuzulassen. Vor so einer untypischen Erkrankungsform zu stehen, ist zweifellos eine riesige Herausforderung. Meine ausdrückliche Bitte war und ist, mitzudenken, wie es zu der beschriebenen Konstellation kommt. Ich kann das Krankheitsbild sehr genau und exakt beschreiben und dazu gewiß auch versuchen jede weitergehende Frage zu beantworten. Sie verfügen über jahrzehntelange medizinische Erfahrungen, die sehr wertvoll sind für viele Ihrer Patienten. Warum gelingt es uns nicht, diese Ressourcen so zusammenzulegen, daß aus der Verständigung eine Chance erwächst? Natürlich kann die Operation schiefgehen. Aber wenn man es nicht ausprobiert, kann man es nicht wissen. Gravierenden Schaden wird man vermutlich auch nicht anrichten im negativen Fall. Würde es aber funktionieren, daß sich die Symptome um über 50 Prozent zurückdrängen lassen z.B., folgten daraus hochgradig interessante Fragen für die weitere Forschung. Der Blick auf Fälle, die sich bisher der Heilung entziehen, die wohl auftreten, ließen sich unter neuem Blickwinkel betrachten, nicht zuletzt weil in meinem Fall Ursache und Wirkung sehr klar wie in einem offenen Buch zu lesen sind.

Sollten wir Erfolg haben, völlig ausschließen kann man das nicht, dann bin ich in so einem Fall gerne bereit den Leitlinienautoren zu schreiben, was wir gemacht haben und welche Ergebnisse wir erreichen konnten. Mich stört schon lange, mit welcher Selbstgewißheit Ihre Erfahrungen dort schlecht geredet werden. Wenn Sie in dieser Beziehung einen Wunsch haben, dann sagen Sie es mir. Ich kann mir auch vorstellen, auf diese Krankheit, die ich habe, ein Preis- oder Kopfgeld, sagen wir von 10000 € auszusetzen, wenn es Ihnen gelingt, das um mehr als 50 Prozent zu verbessern. Das ist für mich sehr viel Geld und meine Ärztin hat sicher recht, wenn sie sagt, für Ärzte ist das wenig relevant. Wohl aber mag es unterstreichen, daß ich die medizinische Fragestellung hier in allem Ernst vortrage und meine Beobachtungen versuche, so exakt wie möglich aufzubereiten.

Wir brauchen nicht herumreden, ich sehe auch, wie sich meine gesundheitliche Situation phasenweise mit neuen Symptomen anreichert. Besonders seit 2013 zeigen sich verstärkt unberechenbare chronische Übermüdung, extrem schlechter Schlaf fast immer, trotz oft ca. neun Stunden an Schlafzeit. Es gibt immer wieder zeitliche Abschnitte, wo die Übermüdung eine extrem aggressive Ausprägung erfährt und alles zum Erliegen kommt. Mit Trimipramin oder Doxepin gegenzusteuern, erwies sich in beiden Fällen innerhalb kurzer Zeit wegen Unverträglichkeit bzw. rotem Hautausschlag als Fiasko. Baldrian und geringe Hoggar-Night-Dosis sind zumindest beim Einschlafen sinnvoll. Allergien, Hautreizungen, auch ohne daß Medikamente ursächlich erkennbar sind, treten etwa seit 2013 immer wieder auf. Ich hoffe, der Reizdarm, der sich im Frühjahr und Sommer 2017 in Abständen von ein bis zwei Wochen zeigte, bleibt so selten wie im Winter jetzt. Insgesamt über die Jahre ist eine Tendenz erkennbar, wie sich die Sache weiter verschlechtert, immer tiefer eingräbt. Kommt hier eine neue Krankheit dazu, wo Medikamente eingesetzt werden müssen, die ich nicht vertrage, kann es sehr schnell zum Showdown kommen. Wir kennen schon neun bis zehn Unverträglichkeiten. Wie lange man diese Quälerei hier durchhält oder besser der Körper sie mitmacht, weiß ich nicht. Verbesserungen ergaben sich durch den Einsatz von Laif 900, weil die depressiven Phasen, wenn man sofort bei Auftauchen es einsetzt, zumindest gemindert werden können, oft jedenfalls. Jene Stimmungsschwankungen konnten sehr abnorme Ausmaße annehmen. Die persönlichkeitszerstörende Wirkung, die Sie beschreiben, kann ich besonders in diesen Phasen nur bestätigen.

Seit 2012 schrieb ich an einer Erzählung, literarisch fiktiv. Ursprünglich sollte es nur einige Behördenprobleme zeigen, ist aber dann viel umfangreicher und anders als geplant geworden, trotz dessen das längere Schreiben nach wie vor reichlich Kopfschmerzen bereitet. Meine Krankheit und ihre Etappen sind dort aber plastisch hineingeschrieben, soweit man das einem Leser zumuten kann. Übermüdung, Kreislaufschwäche und teils mir ähnlich passierte Vorgänge beenden dort das Leben der Protagonistin, ein tödlicher Unfall, absolut realistisch. Es wäre natürlich ebenso spannend gewesen, ich hätte von einer grundlegenden medizinischen Besserung berichten können.

Es ist mir auch eine Warnung, wie sehr zahlreich Orthopäden in die Irre gingen, weil erst das dritte MRT meine Nekrose zeigte. Durch Studium der Fußgelenke am Modell und in Büchern war mir nach etlichen Monaten klar, daß ein Schaden im oberen Sprunggelenk die wahrscheinlichste Quelle war, was auf heftigen Widerspruch der Ärzte damals stieß. Vermutlich hätte ich diesen Brief nicht mehr geschrieben, wenn mich nicht jemand dazu ermutigt hätte. Große Hoffnung will sich nicht einstellen. Die Überlegungen, die meiner Lösungsrichtung zugrunde liegen, wären ohne Sie niemals möglich gewesen. Zweifelsohne muß ich, wenn es nur noch um medizinische Fachausdrücke geht, oft passen. Ich denke, Sie wissen selbst, wenn man nicht einfach kapitulieren will vor dem Krankheitsbild, muß man sich dem realen Abbild der Sache stellen und von daher die Schlüsse ziehen. Kommen wir in dieser Richtung weiter, bin ich gerne bereit, nach Baar in die Sprechstunde zu kommen und dazu einen Termin zu vereinbaren. Wenn Fragen vorab auftauchen, werde ich mich bemühen, diese zu beantworten. Ich würde mich freuen, wenn endlich im Mittelpunkt stünde, wie es zu diesen medizinischen Besonderheiten kommen kann und wie praktische Lösungen aussehen können. Vorschläge stehen im Raum. Intelligentere Strategien scheinen uns einstweilen nicht zur Verfügung zu stehen. Diese Krankheit wirkt wie stille perfide Folter, insofern meine eindringliche Bitte an Sie, alle Möglichkeiten zu erwägen. Ich wäre Ihnen zu großem Dank verpflichtet, wenn es gelingen sollte, doch einen Durchbruch zu erzielen.

Mit besten Wünschen
Marko Ferst

Schlußbetrachtung

Am Anfang stand die Idee, eine dritte Erzählung für meinen Band „Jahre im September" zu schreiben, vielleicht zehn oder zwölf Seiten. Es ging um einen kurzen Einblick in die Erfahrungen mit medizinischer Behandlung und dem Verhalten von Behörden, wenn es zu so einem gesundheitlichen Tiefschlag kommt. Alles sollte sehr dicht und knapp proportioniert sein. Mein Bedarf nach umfangreichen Details war höchst begrenzt, zumal, wenn sich abzeichnet, die Lage läßt sich nicht mehr zum Besseren wenden. Die Erzählung so zu schreiben, wie sie jetzt vorliegt, war mir überhaupt nicht in den Sinn gekommen. Ohnehin hätte ich es viel lieber gesehen, daß eine andere Erzählung stattdessen entstanden wäre. Da Schreiben mit hoher Konzentration sehr anstrengend ist unter den Bedingungen dieser Krankheit, bleibt vieles einfach auf der Strecke.

In den verschiedenen Phasen des Entstehens dieser Erzählung zeigte sich jedoch, man fing an Passagen zu formulieren, die aus diesem engen Rahmen ausbrachen; die Sache blieb immer wieder liegen. Im Laufe der Jahre kam es zu Umarbeitungen, und die Erzählung berührte Bereiche, die sich aus den Erfahrungen selbst ergaben. Wie kann man diesen schwierigen, sperrigen Stoff so präsentieren, daß er trotzdem interessant und halbwegs lesbar bleibt? Manche komplexe Zusammenhänge sind schwer zu übersetzten, anderes ist zwar aufgeschrieben, wird aber nicht immer präsent bleiben an Stellen, wo sie der Leser mitdenken müßte. Ohnehin konnte die Erzählung nur als literarische Fiktion gefaßt werden, nicht in der tatsächliche Version, wenn sie eine Chance haben sollte.

Erst als die Erzählung ihre heutige Form zum Schluß annahm, entwickelte sich der Gedanke, es wäre doch sehr schade, die medizinischen Befunde, zu denen man über Jahre gelangt war, nicht zu erwähnen. So kam es dazu, einige dieser Materialien als medizinischen Anhang beizugeben. Dies ist nun freilich nicht ohne

Risiko, weil man damit in Bereiche vordringt, die die Medizin bisher nur sehr rudimentär, wenn überhaupt erschlossen hat. Den Leser ohne Vorkenntnisse dürfte es vermutlich überfordern, aber immerhin kann er vielleicht eine Ahnung mitnehmen, auf welches Ursache-Wirkungs-Muster es hinausläuft.

Ohne die Sichtung der großen Körperfigur mit den Meridianverläufen bei Dr. Thomas Weiss in seinem Behandlungsraum und dem Verlauf des Blasenmeridians, speziell am Fuß, und das mehrfache gründliche Studium der Bücher von Prof. Johann Bauer und gleichzeitig die genaue Analyse der auftretenden gesundheitlichen Effekte über Jahre hinweg, wäre allein die Formulierung einer solchen Hypothese völlig unmöglich gewesen. Immer wieder stand für mich aber auch im Raum, ob es Aspekte geben könnte, die Hinweise enthalten, die gegen diese Annahmen sprechen, wenn man auf die Entstehungsmuster des Syndroms zum Beispiel schaut. Faktisch weiß man insgesamt zu wenig über das Phänomen, um halbwegs plausible Gegenargumente ausformulieren zu können. Ich bin mir allerdings ziemlich sicher, daß Fachärzte mit viel Detailkenntnis in einigen Bereichen weitere Mosaiksteine ergänzen könnten, um das Bild zu vervollständigen.

Es wäre natürlich von gewaltigem Wert gewesen, man hätte die Operation mit der von mir vorgeschlagenen Veränderung der Akupunkturpunkte in der Schweiz durchführen können. Die fachliche Kompetenz von Prof. Bauer hätte sichergestellt, daß von der operativen Seite her keine Fehler unterlaufen. Wäre es zu keiner Verbesserung gekommen, wäre klar gewesen, dieser Spezialfall läßt sich so nicht behandeln. Die Analyse kann also nicht korrekt gewesen sein. Wie dann die Ursache und Wirkung zu erklären sind: Man stünde vor einem großen Rätsel, finge fast bei Null wieder an. Daß in anderen Bereichen von Akupunkturpunkten diese feinen Nerven kompressiert werden, erscheint mir zumindest für den vorliegenden Fall schwer plausibel begründbar. Mir fiele dazu jedenfalls nichts ein.

Gänzlich anders verhielte sich die Sache, hätten sich deutliche oder gravierende Verbesserungen ergeben im Laufe der Folgemonate. Dann würde man sehen können, wie die Veränderungen aussehen, und daraus Schlüsse ziehen können. Brisant wäre der

Befund in jedem Fall aus medizinischer Sicht. Zweifelsohne, dies wäre der entscheidende Befreiungsschlag gewesen für die eigene gesundheitliche Lage, selbst dann, wenn sich vielleicht nicht alle Auswirkungen zurückgebildet hätten.

Dies würde dann auch spannende Fragen aufwerfen für andere ähnlich kompliziert gelagerte Fälle. Gerade für die sekundäre Fibromyalgie, wo zum Beispiel Unfallfolgen etc. der Auslöser sind, könnte das Indizien bereithalten, wie das Syndrom entsteht. Bei der Nekrose im Fuß spielt das ganze Gewicht des Körpers eine entscheidende Rolle, damit dieses Abbild der Krankkeit entstehen konnte bei Nichtbehandlung. Durch die Nutzung von meist zwei Stützen war das letztlich nicht verhinderbar, nur Rollstuhlgebrauch hätte das abwenden können. Wenn ähnliche Schäden im Knie oder Hüftgelenk unbehandelt bleiben, aus welchen Gründen auch immer, kann man sich natürlich nur auf Patientenaussagen stützen, wie sich das nach sechs bis zwölf Monaten ausgewirkt haben wird, die Schmerzchronifizierung eingetreten ist. Daran ließen sich die Folgen studieren. Besser ist natürlich, es kommt erst gar nicht dazu.

Selbst in jenen Konstellationen, wo Bauers übliche Operationsmethode nicht zum Erfolg oder zu geringem Erfolg geführt hat, Fälle, die entsprechend seiner eigenen Erfolgs- und Mißerfolgsstatistik auftreten, könnten sich unter Umständen Hinweise ergeben, die bei der Suche nach den Ursachen dafür behilflich sind. Wenn sich die von mir dargestellte Kette von Ursache und Wirkung bestätigen würde, entstünde ein ganz neues Sichtfenster, mit dem die Funktionsweise der Krankheit studiert werden könnte, Erkenntnisgewinn in vielerlei Hinsicht.

Wenn ich Bauer richtig verstehe, geht er davon aus, nur wenn die von ihm jeweils für den Quadranten gefundenen Schlüssel-Akupunkturpunkte operiert werden, kann geheilt werden, so der entsprechende Befund vorliegt. Damit kommt man natürlich nicht weiter, weil das vorliegende Fibromyalgie-Muster sich erkennbar nicht an diese vorgegebene Ausprägung bezogen auf Körperquadranten hält. Selbst wenn sich meine Hypothese als falsch herausstellen würde, kann als gesichert gelten, daß es Fälle geben muß, bei denen die Zuordnung nach Quadranten nicht sinnvoll ist, gleichwohl viel dafür spricht, daß sich Deformationen entlang der Meridiane ausbreiten bzw. über diese weit entfernt auswirken. Zumindest würde es im vorliegenden Fall die Kette Fuß, untere Wirbelsäule und Kopf erklären. Es ist schon bemerkenswert, daß ein unbehandelter Knochenschaden im Fuß die schlimmsten Folge auf den Kopf bewirkt.

Wenn man vorgeht, wie von mir vorgeschlagen in den Briefen, glaubt Bauer nicht an einen Erfolg, so kann man seine kurzen Antworten auf den Punkt bringen. Natürlich hat er Recht, erst mal kritisch zu sein, weil man so gut wie keine körperlichen Befunde erheben kann und sich sehr weitgehend auf die Patientenaussagen verlassen muß. Dies schwierig zu finden, kann ich durchaus nachvollziehen. Dennoch hätte man sich sehr wünschen können, erheblich mehr wissenschaftlicher Erkenntnisdrang bzw. Neugier wäre mit im Spiel gewesen, selbst wenn man nicht auf ähnlich gelagerte frühere Fälle zurückgreifen kann. Vielleicht hätte man zu einem vertieften Verständnis des Falles kommen können beim Austausch über die medizinischen Aspekte einerseits und dem körperlichen Ausprägungsmuster andererseits. Letzteres kann am Ende nur der Patient gewissenhaft einbringen und aufbereiten, wenn medizinisch meßbare Befunde nur rudimentäre Anhaltspunkte liefern. Dennoch ist bemerkenswert, wie wenig die Medizin darüber weiß, was eigentlich passiert, wenn eine Nekrose im oberen Sprunggelenk sich schmerzchronifiziert, und welche Folgeprozesse damit ausgelöst werden.

Vielleicht sei noch ein letzter Verdacht ausgesprochen, der nicht unwichtig sein dürfte. Die Lage der schmerzauslösenden Nekrose im oberen Sprunggelenk war ziemlich weit außen verortet. Von der Schadstelle bis zum Akupunkturpunkt 60 des Blasenmeridians werden es um zwei Zentimeter sein, vielleicht sogar weniger. Zufällig ist es also in keinem Fall, daß sich von dieser Stelle ausgehend der Schmerzstreifen bildete. Es wäre zumindest plausibel, daß völlig andere Folgewirkungen zu sehen gewesen wären, hätte sich die Schadstelle näher am Innenknöchel befunden. Ob das zu Auswirkungen auf den Nierenmeridian führen würde – es ist zumindest denkbar. Genau zu überprüfen wäre das gewiß nur am Patienten, der einen solchen Fall aufwiese, einen Effekt, den man vorab tunlichst vermieden haben sollte von medizinischer Seite her. Der Schaden müßte also ebenso beim MRT übersehen worden sein, der Schmerzbereich sich chronifiziert haben, begleitet von fibromyalgierartigen Effekten. Ich würde jedenfalls nicht gänzlich ausschließen, dies könnte zu einer Konstellation führen, wo der untere Quadrant die Effekte anzeigt, die Prof. Bauer für eine Diagnose auf das FMS für erforderlich hält. Nochmals – dies kann nicht als gesicherte Erkenntnis gelten. Es könnte sich aber so verhalten. Daß wir dieselben Effekte sehen würden wie in meinem Fall, ist eher unwahrscheinlich.

Für Prof. Bauers medizinische Behandlung der Fibromyalgie und seine dabei erzielten Erfolge würde man sich freilich mehr Aufmerksamkeit wünschen bei derjenigen Ärzteschaft, die die Krankheit multimodal behandeln will. Jeder, der sich an der multimodalen Therapie orientiert als Fibromyalgie-Patient, weiß, jene Aspekte, die helfen, diese Krankheit besser zu ertragen, wird man ohne Frage einsetzen und ist dankbar dafür. Echte Heilung ist aber auf diesem Weg ganz sicher nicht zu erwarten. Gewiß mag der Schweregrad eine gewisse Rolle spielen. Bei leichten Fällen kann dies eine andere Gewichtung ergeben. Hier wird man von operativen Eingriffen absehen. In dem Band von Eberhard J. Wormer und Johann A. Bauer „Fibromyalgie. Die Lösung des Schmerzproblems" sieht man sehr klar, beide Ansätze widersprechen sich keineswegs, selbst wenn man schauen muß, was für die Situation des jeweiligen Patienten sinnvoll einsetzbar ist.

Wenn man liest, wie Bauers Teilerfolge in den medizinischen Leitlinien, etwa in der Patientenfassung von 2017, ausgeführt werden, kann man als Patient jedoch nur noch den Kopf schütteln. Fakt ist, daß ich mit zwei Patientinnen von Bauer in Kontakt gekommen bin, die mir am Telefon im Detail sehr ausführlich erklärt haben, welche Verbesserungen bei ihnen eingetreten sind in den Monaten nach der Operation. Die Kontakte kamen jeweils durch Zufall zustande. Außerdem konnte ich in einer universitären Arbeit nachlesen, die eine Operation aller vier Quadranten über einen längeren Zeitraum nachzeichnet, wie beim ersten und beim letzten Eingriff Verbesserungen erreicht wurden. Man kann also jenseits der Fallbeispiele, die der Arzt selber angeführt hat auf seiner Webseite und in Büchern, fündig werden. Gleichzeitig sind viele der von Bauer beschriebenen Krankheitsmuster sehr exakt, was man als Patient in Teilen zumindest durch eigene Anschauung überprüfen kann. Von den über 3000 Operationen, die er bis 2020 durchgeführt hat, wird es Patienten geben, die man auch unabhängig von seinen eigenen Erhebungen und Fallbeispielen befragen könnte, wie sie die Erfolge bewerten bzw. in welchem Umfang Verbesserungen zu verzeichnen sind oder auch nicht.

Wenn Mediziner das operative Vorgehen Bauers nicht sicher einschätzen können und das ausführen, wäre das zwar unbefriedigend, aber zumindest eine ehrliche Einschätzung, die sicher jeder respektieren könnte. Warum macht man das dann nicht? Wenn die Methode angeblich den Ursachen und Erkenntnissen widerspricht, die man von der Krankheit bisher hat, sollte man vielleicht erst einmal selbst einräumen, daß ihre Funktionsweise die Medizin insgesamt bisher nicht aufgeklärt hat, daran seit Jahrzehnten scheitert, selbst wenn eine ganze Reihe der Störungen und Wechselwirkungen inzwischen detailliert beschrieben sind. Vielleicht liegt dieses Scheitern daran, daß man falsche medizinische Pfade verfolgt bzw. nicht die richtigen Fragen stellt? Wenn aber ein erprobter Ansatz existiert, der in zahlreichen Fällen Verbesserungen erreicht hat, dann ist es im Sinne der Patienten, diesen wissenschaftlich basiert gründlicher zu untersuchen und nicht mit negativen Bewertungen abzukanzeln, wie das in den medizinischen Leitlinien zu dieser Krankheit zu besichtigen ist. Ein solches Verhalten in der Ärzteschaft ist absolut verantwortungslos, unseriös und sehr scharf zu kritisieren von seiten der Patienten. Komplikationen mit der Narbe können auch bei anderen Operationen eintreten und sicher wesentlich größere als in diesem Fall. Solches Irrlaufen sollten die Autoren, die in Zukunft an den Leitlinien für das FMS arbeiten, abstellen und sich zu einer ehrlicheren und glaubwürdigeren Bestandsaufnahme durchringen.

Ich sähe auch gerne, unabhängig von dem Studienmaterial, das der Arzt selbst ausführlich ausweist, qualitativ aussagekräftige Überprüfungen. Sicher wird das anderen betroffenen Patienten ähnlich gehen bzw. gegangen sein, die vor der Frage standen: Nimmt man das vor und finanziert es oder nicht? Es wäre nur zu begrüßen, man könnte in weiteren Fällen genauer erheben, wo Erfolge der Quadrantenschmerz-Intervention erzielt wurden und in welchem Ausmaß bzw. in welchem Ausmaß auch nicht. Selbst wenn sich neue Studien zunächst nicht umsetzen lassen, kann es doch nicht so schwer sein, auch weitere Patienten zu befragen, die von Bauer operiert wurden, und damit einen ersten Eindruck über Erfolge und die von ihm quantifizierten erfolglosen Fälle zu erhalten.

Angesichts der Relevanz der Fragestellung für viele tausend Patienten und der sehr weitgehenden Kostenentlastung der Krankenkassen durch unzählige überflüssige medizinische Behandlungen, Krankenhausaufenthalte, Reha-Maßnahmen von FMS-Patienten, würde ich es für gerechtfertigt halten, ein umfassendes medizinisches Forschungsprogramm aufzulegen. Gerade die Krankenkassen sollten sich dafür stark machen. Es gab auch Kassen, die die Operation schon finanzierten. Immerhin werden zwei von hundert Menschen in ihrem Leben mit diesen Krankheitsmustern konfrontiert. Sicherlich muß man mit unterschiedlichen Graden des FMS rechnen und wird sich zunächst auf die schweren Fälle konzentrieren. Ein solches Programm sollte sich systematisch auf das Erfahrungspotential der Patienten stützen, denn nur wer es versteht, dies zu nutzen, wird auf diesem Feld allmählich in die noch unbekannten Zonen vorrücken können. Das zu durchdringen, wird langjährige Erfahrungen erfordern. Die Ergebnisse könnten zeigen, wo und in welchem Ausmaß der Einsatz der Quadrantenschmerz-Intervention angemessen ist. Darauf aufbauend ließen sich weitere Schritte unternehmen, abhängig von den Ergebnissen. Kann man entsprechende Fortschritte erzielen, sollte am Ende das Ziel sein, den Patienten für dieses sehr komplizierte Krankheitsbild anerkannte Behandlungsmethoden anbieten zu können.

Es sollte doch ein lösbares Problem darstellen, qualifizierte Mikrochirurgen in Europa zu finden, die die Operationsmethode selbst zur Anwendungsreife bringen. Vielleicht könnte man sich dabei sogar auf Prof. Bauer stützen, der in einem Beitrag ausführte, daß er sich vorstellen könne, auch weitere Mediziner in der Methode zu unterweisen, so daß die Ärzte diese selbst ausführen können. Vielleicht sind die Hürden, die sich für so eine Option stellen könnten, überwindbar. Immerhin würde es für den pensionierten Arzt bedeuten, daß sein Lebenswerk fortgeführt wird und nicht in Vergessenheit gerät. Wo ein Wille ist, findet sich unter Umständen auch ein Weg.

Das Gesundheitsministerium und Forscher in der Medizin wären gefordert zu prüfen, wie man dieses Gebiet, das Bauer einige Jahrzehnte als Einzelkämpfer bearbeitet hat, umfassender aufschließen kann. Einer allein wird bei dieser komplexen Materie vielleicht nicht alle Effekte ohne jegliche Schwachstellen aufklären können. Für die künftigen Patienten selbst wäre es schon hilfreich gewesen, wenn sich jemand hätte finden lassen, der die Praxis nach Bauers Pensionierung in gleicher Qualität fortzuführen in der Lage gewesen wäre. Daß es zumindest die Idee dazu von ihm gegeben hat, läßt sich aus einer Antwort schließen, die ich von ihm erhielt, als ich selbst einen Termin vereinbart hatte. Für die Patienten jedenfalls wäre es besonders schade, wenn dieser Heilungsweg über die nächsten Jahrzehnte verschüttginge. Wenn meine Ausführungen dazu betragen könnten, damit dies verhindert werden kann, dann haben sie einen wertvollen Dienst geliefert.

Will man bei den vielgestaltigen Formen der Fibromyalgie auch solche behandeln können, wie sie die Erzählung hier im Fallbeispiel beschreibt, dann mögen die wenigen Mosaiksteine, die der medizinische Anhang in diesem Band bietet, eine Spur legen. Mosaiksteine anderer intelligenter Patienten eröffnen womöglich weitere Pfade der Erkenntnis. Ich halte es für möglich, daß auf diesem Gebiet medizinische Fortschritte möglich sind und man diesen Bereich aus der jahrzehntelangen Stagnation herausführen kann. Sicher, die dargestellten Hypothesen für diesen Spezialfall sind aus dem starken Willen geboren, beobachtbare Schäden zu erklären und mit dem bestehenden medizinischen Wissen abzugleichen, Unzutreffendes auszusortieren. Gerade die offensichtlichen Widersprüche, die sich in diesem Spezialfall ergaben im Hinblick auf Bauers üblichen Untersuchungsansatz, erwiesen sich als produktiv in dem Sinne, daß man genötigt war, eigene Fragestellungen zu entwickeln, warum sich das so verhält. Zunächst steht man vor zahlreichen Rätseln. Dies betraf überdies viele andere medizinische Befunde in weniger strategischem Maße auch. Mit welchen Mängeln auch immer behaftet, daß man sich so weit vorarbeitet mit dieser Analyse, wäre mir am Anfang nie in den Sinn gekommen. Allerdings blieb auch dem Umstand Rechnung zu tragen, immer kam man mit dem eigenen Dazulernen zu spät und konnte dann nur noch die Fehler begutachten, die im jeweiligen Stadium bei der Behandlung gemacht wurden.

Ergänzt seien ein paar Bemerkungen zum Stichpunkt Schwerbeschädigung in der Erzählung. Über den Sinn oder Unsinn der Klassifizierung von Schwerbeschädigung und deren Stufen läßt sich sicher trefflich streiten. Wie man Menschen mit Behinderungen durch ein solches System sinnvoll helfen und unterstützen kann, ist der Diskussion wert. Welche Art von Unterstützung wirklich sinnvoll ist, bei unterschiedlichen Graden der Behinderung, darüber neu nachzudenken, scheint durchaus angebracht. Daß der Betrieb, solange man noch arbeiten kann, bei der Integration von Menschen mit Behinderungen unterstützt wird, und sicher auch andere Maßnahmen, kann seinen guten Zweck haben.

Aber bei der Taxierung von Schäden wird es spätestens immer dann schwierig, wenn besonders gravierende gesundheitlich bedingte Ausfälle des Betroffenen medizinisch durch den Arzt nicht belegt werden können, praktisch aber vorhanden sind. So ein Beispiel wurde im ZDF in der Dokumentation „Vickys Traum vom Sehen" in der Reihe „37 Grad" im Mai 2019 gezeigt. Das junge Mädchen kann bedingt durch einen Grauen Star schon schlecht sehen und nach einem Vorfall im Sport erblindet sie vollständig. Doch die Ärzte können nicht belegen, warum das Augenlicht vollständig erloschen ist, vermuten die Ursache auf dem Weg vom Gehirnareal zum Auge. Sie lernt, mit einem Blindenhund ihren Alltag zu organisieren, den die Krankenkasse zur Verfügung stellte. Das Amt für Versorgung und Soziales sieht jedoch die Bedingungen für die Blindheit nicht als gegeben an. Im Film wird vom Merkzeichen B gesprochen, bevor der Hund helfend zur Seite stand, aber auch das Merkzeichen Bl hätte für das Blindengeld den Weg geebnet. Es ist grotesk, wenn eine staatliche Behörde neben den gravierenden Schwierigkeiten, die so ein junger Mensch bei fehlendem Augenlicht ohnehin zu bestehen hat, dann noch derart den Knüppel zwischen die Beine wirft. Man muß sich fragen, welcher Nutzen entsteht, wenn staatliche Behörden solche Schikanen veranstalten und der Gesetzgeber ist gefordert, diesen fatalen Umständen Abhilfe zu schaffen, was sicher nicht einfach ist.

Es ist natürlich riskant, wenn ein verdeckter gesundheitlicher Schaden bei jemandem auftritt, der Arbeitslosengeld II bezieht. Damit müssen ohne Rücksicht auf Verluste Arbeitstätigkeiten aller Art verrichtet werden, verbunden mit der Drohung finanzieller Sanktionen, wenn man das nicht tut. Sieht man sich den beschriebenen Fall in der Erzählung an, wäre hier ein absolutes Fiasko möglich gewesen. Nur weil die Amtsärztin die Krankschreibung der Hausärztin für gerechtfertigt gehalten haben muß, kam es zu dieser Eskalation nicht. In diesem Kontext erfüllt ein Schwerbeschädigtenausweis eine gewisse Schutzfunktion. Insofern ist ein Antrag nicht gänzlich unplausibel. Der Gesetzgeber sollte prüfen, wie der medizinische Schutz in solchen Konstellationen höher gewichtet werden kann. Ohnehin scheint es reichlich fahrlässig zu sein, gründliche gesundheitliche Prüfungen vor einer solchen erzwungenen Arbeitstätigkeit zu unterlassen. Dies gilt zunächst einmal unabhängig davon, ob diese ganze überbordende Bürokratie im Hartz-IV-System nicht mehr Kosten für die Gesellschaft verursacht als sie Nutzen erbringt.

Wie man an dem beschriebenen Fall in der Erzählung sehen kann, ist der Schaden durch wenige Tage Fegearbeit lebenslange Invalidität mit all den gesellschaftlichen und medizinischen Kosten, die im Schlepptau hängen, von vernichteter Lebensqualität nicht zu reden. Man hätte es zumindest um einige Jahre verzögern oder bei milderen Anzeichen des Gelenkschadens vorab vielleicht besser behandeln können. Daß dort ein ungeklärtes Problem existierte, war viele Jahre bereits offensichtlich, konnte aber praktisch keine Behandlung erfahren.

In der Erzählung ist beschrieben, mit welcher Arroganz eine der Gutachterinnen im Antragsprozeß für die Schwerbeschädigung sämtliche medizinischen Warnzeichen ignoriert hat, die sich nach dem Eintritt des Schadens manifestierten. Gerade bei der zweiten Begutachtung wurde klar, mit Vorsatz wurden die vorhandenen Befunde ignoriert. Man sollte schon wissen, was eine Nekrose, durchgebrochen auf das Sprunggelenk selbst, anrichtet. Wenn dafür die medizinische Qualifizierung nicht ausreicht, hat man seinen Beruf verfehlt. Es ist schon grotesk, daß die Rechtsanwältin und Patienten den Hinweis auf ein Fibromyalgie-Syndrom geben, die Gutachterin davon aber keine Ahnung hat, obwohl gerade bei diesem Vorgang solche Fragestellungen häufiger ins Netz gehen müßten. Auch wenn man sich viele der anderen Gutachtertätigkeiten vergegenwärtigt, die es gab, kommt man nicht um die Einsicht herum, überall dort, wo sich nichts messen läßt, grenzt das Ganze schnell an Bereiche, die mit Scharlatanerie klassifiziert werden müssen. Gewiß ließe sich auch zeigen, es gibt gegenteilige Befunde. So konnte Thomas Weiss in seinem Gutachten mit Meßmethoden belegen, daß die Leistungseinbußen tatsächlich existieren, auch wenn sich von solch gravierenden Erkenntnissen dann beim Gerichtsverfahren nichts mehr dokumentiert findet.

In der Summe: Es ist besser, wenn man auf den Schwerbeschädigten-Ausweis verzichten kann und nicht auf solche Belege und Gutachten angewiesen ist. Sind die gesundheitlichen Einbußen gut dokumentierbar und eindeutig, scheint der Zugang sicher weniger problematisch. Insbesondere, wenn man Schäden nicht belegen kann, obwohl sie real vorhanden sind, scheint aber Vorsicht geboten. Die gesetzlichen Vorschriften im Detail sind sehr verschieden auslegbar, können damit zu völlig surrealen Ergebnissen führen. Wenn ich den aussichtslosen „Marathonlauf" für einen Schwerbeschädigten-Ausweis hätte im Vorfeld abschätzen können, würde ich ganz sicher darauf verzichtet haben.

In Bezug zu der Erzählung kann man dem Amt für Versorgung und Soziales vielleicht sogar einen gewissen Dank aussprechen. Ohne die widerwärtige Behandlung, die dort im Zusammenspiel mit den schweren medizinischen Fehlern von seiten der Ärzte erfahrbar wurde, wäre die Idee für eine kurze Erzählung niemals entstanden. Damit hätte es auch nicht zu dieser ausführlichen Fassung kommen können, bei der die medizinischen Abläufe und nicht erfolgreichen oder nur marginal erfolgreichen Heilungsversuche nun im Zentrum stehen, was viel wichtiger ist als alles andere. Sollten sich aus der Erzählung und dem Anhang medizinische Fragen ergeben, bei denen vertiefte Klärung nützlich wäre, so stehe ich für Auskünfte gerne bereit.

Bücher

Literatur, die im Zuge der Befassung mit dem Thema in die Beiträge und die Erzählung eingegangen ist beziehungsweise eine Rolle gespielt hat. Bei Zeitungs- und Internetquellen ist das nicht mehr annähernd rekonstruierbar.

R. Paul St. S. Amand, Claudia Craig Marek: Fibromyalgie. Die revolutionäre Behandlungsmethode, durch die man vollständig von Beschwerden frei werden kann, Hechingen 2005

Johann A. Bauer, Eberhard J. Wormer: Fibromyalgie. Die Lösung des Schmerzproblems. Wege zur Hilfe, Selbsthilfe und Heilung, Rottenburg 2018

Johann A. Bauer: Fibromyalgie. Körper ohne Schmerz, München 2005

Johann A. Bauer: Fibromyalgia, Allodymia, Somatoform Pain Disorders. Audiovisual lekture (DVD), 2005 (mehrsprachig, auch deutsch)

Johann A. Bauer: Fibromyalgie, München 2002

Gisela Schreiber, Ulrich von Bergen: Guter Rat bei chronischem Erschöpfungssyndrom, München 1997

Rolf Bertolini, Gerald Leutert: Atlas der Anatomie des Menschen nach systematischen und topograhischen Gesichtspunkten. Band I: Arm und Bein, Leipzig 1978

Cora Besser-Siegmund: Die sanfte Schmerztherapie mit mentalen Methoden, Düsseldorf 1994

Barbara Bornkessel: Risikofaktor Schmerz. Therapien gegen das Schmerzgedächtnis, Grünendeich (ohne Jahresangabe)

Wolfgang Brückle: Fibromyalgie endlich richtig erkennen und behandeln, Stuttgart 2009

Günter Hoffmann, Jan Carstendiek: Behinderung, München 2004

Werner Platzer: Taschenatlas der Anatomie. 1 Bewegungsapparat, Stuttgart 1999

Rosel Ebert: Rette sich wer kann! Ein wagemutiges Spiel mit Ärzten und anderen Heilkundigen in 14 Runden, Norderstedt 2006

Rüdiger Fabian: Chronische Schmerzen. 100 Fragen – 100 Ant-

worten, Grünendeich (ohne Jahresangabe)
Eva Felde, Ulrike Novotny: Schmerzkrankheit Fibromyalgie. Stuttgart 2002
Ingo Fietze: Über guten und schlechten Schlaf, Zürich, Berlin 2015
Elmar T. Peuker, Timm J. Filler, Hans-Ulrich Hecker, Angelika Steveling: Anatomie Atlas Akupunktur. Dreidimensionale Akupunkturpunkt-Lokalisation, Stuttgart 2005
Matthias H. Hackenbroch: Arthrosen. Basiswissen zu Klinik, Diagnostik und Therapie, Stuttgart 2002
Marco Mumenthaler, Manfred Stöhr, Hermann Müller-Vahl: Läsionen peripherer Nerven und radikuläre Syndrome, Stuttgart 2007
Burkhard Peter: Einführung in die Hypnotherapie, Heidelberg 2009
Thomas Weiss: Kursbuch Fibromyalgie. Das Standardwerk zu Fibromyalgie, chronischen Schmerzerkrankungen und funktionellen Störungen, München 2012
Thomas Weiss: Die 100 wichtigsten Fragen. Fibromyalgie, München 2005
Holger Westermann: Der Fibromyalgie-Ratgeber. Trotz Dauerschmerz ein gutes Leben führen, Hannover 2017

Marko Ferst, geboren 1970 in Rüdersdorf bei Berlin. Von 2000 bis 2004 Studium der Politischen Wissenschaften an der Freien Universität Berlin. Von 1990 bis 1997 die Vorlesungsreihe „Sozial-ökologie" an der Berliner Humboldt-Universität besucht, die von Rudolf Bahro geleitet wurde. Veröffentlichungen in Tages- und Umweltzeitungen. Er publizierte mehrere Bücher und gab einige Anthologien heraus. Früherer Beruf Tischler/Bilderrahmer. Seit 2005 schwerbeschädigt.

Kontakt: marko@ferst.de
Autorenhomepage: **www.umweltdebatte.de**

Jahre im September

Gedichte und Erzählungen

Marko Ferst

212 Seiten, Edition Zeitsprung, 2017

Über Ostseeinseln wie Öland und Usedom streifen die Gedichte. Sie führen in die schwedische Schärenstadt sowie nach Buchara, Samarkand oder in den Ural. Magische Ausflüge in die Natur und Tierwelt tauchen auf. Gedichte zu Musik, Literatur und Malerei reichern diesen Lyrikband an. Unter die Lupe genommen wird der Drang der Regierenden, uns mehr und mehr auszuspionieren. Kritik zieht das gescheiterte Afghanistan-Abenteuer auf sich, das syrische Totenfeld wird umrissen. In Bangladesch zeichnen sich weitere Landnahmen des Meeres ab, Wasserstände, die mit unserem verschwenderischen Lebensstil im Norden verbunden sind. Sondiert wird, warum unsere Zivilisation ökologisch zu scheitern droht, sich längst im Spätstadium befindet. In der Arktis zeigt sich, wie weit das Vorspiel zum Klimaumsturz schon gediehen ist. Spitzbergen archiviert unsere letzten genetischen Hoffnungen. Den Spuren und Abgründen einer mysteriösen Krankheit wird nachgegangen. Der Band enthält zwei Erzählungen - eine arktische Begegnung zwischen weißen Raubtieren und einen Blick in das sowjetische Speziallager Sachsenhausen.

Leseproben: www.umweltdebatte.de   Bestellung: marko@ferst.de

Erich Fromm als Vordenker

„Haben oder Sein" im Zeitalter der ökologischen Krise

Rainer Funk, Marko Ferst, Burkhard Bierhoff u.a.

Edition Zeitsprung, 2002, 224 Seiten

Als Psychotherapeut, Sozialwissenschaftler und Philosoph gehört Erich Fromm zu den wegweisenden Gestalten des 20. Jahrhunderts. Er ist ein prominenter Diagnostiker der Krisen der westlichen Welt, ein Kritiker unseres konsumistischen Lebensstils und von gesellschaftlichen Zuständen in denen nicht der Mensch sondern das schnelle Plusmachen im Mittelpunkt steht. Die Werte des Seins wollte Fromm über denen des Habens angesiedelt wissen. Die Beiträge setzen sich mit seinen Ideen und Vorschlägen auseinander.

Burkhard Bierhoff, Marko Ferst, Erich Fromm, Rainer Funk, Helmut Johach, Maik Hosang, Heike Koall, Roman Kotliar, Milan Machovec, Rainer Otte, Johannes Rau, Hans Jürgen Schultz, Helmut Wehr

Leseproben: www.umweltdebatte.de   Bestellung: marko@ferst.de

Die Ostroute

Erzählungen

Andreas Erdmann, Marko Ferst, Monika Jarju u.v.a.

256 Seiten, 2014

Der Band beginnt und endet mit einer Erzählung über Wölfe. In der einen werden sie gnadenlos verfolgt, in der anderen sorgt ein Rudel weißer Tundrawölfe für arktische Jagdszenen. Andernorts kommt eine Ostroute ins Spiel. Wir erfahren mehr über das Schicksal eines jungen Rauschgiftkuriers im Iran, wie über seinen Lebensweg der Stoff der Stoffe richtet. Ein Ostseesturm sorgt für eine risikoreiche Segeltour. Von allerlei sonderbaren Abwegen weiß die Erzählung „Genervtes Anstehen für Liebe" aus Bulgarien zu berichten. Zur Sprache kommen die Erfahrungen von Heimkindern in der frühen Bundesrepublik. Grenzübertritte zwischen Ost und West und deren Folgen sind im Blick zweier anderer Beiträge. Wie man ganz legal schwarzfährt, erläutert Johannes Bettisch. Was passiert, wenn man ganz unerwartet von seinem chinesischen Firmenpartner zum Tanz aufgefordert wird?

Der Band enthält Erzählungen von Ali Amini, Johannes Bettisch, Andreas Erdmann, Marko.Ferst, Elisabeth Hackel, Karin Heinrich, Monika Jarju, Tengis Khachapuridse, Norbert Klatt, Christine Koch, Carmen Mayer, Heide Rabe, Hans Sonntag, Dimil Stoilov, Lore Tomalla, Günter Wirtz, Gisela Witte und Angelika Zöllner.

Bis dein Blick Meer wird

Gedichte

Ulrich Grasnick, Günter Kunert, Sigune Schnabel
Henry-Martin Klemt, Charlotte Grasnick, Marko Ferst u.v.a.

412 Seiten, 2019

In der frischen Brise kurven Möwen über Dünen und Meer hinweg. Viel Weiß verbrauchte Caspar David Friedrich für seine Kreideküste. In einem weiteren Gedicht bricht die brennende Takelage des Winters herunter, umkreist von Rottgänsen. Farbige Versprechen tauchen beim Mexikanischen Totenfest auf, neue Kleider werden geschenkt. Ein Traumdetektiv geht auf die Suche. Patagoniens Puma und die Ruta 40 bekommen ihren Auftritt, Andengipfel. Für die Mutter will jemand kochen in einem syrischen Garten mit Datteln, wenn der Krieg vorbei ist. Blaue Pausen fallen in das Meer der Töne, Debussy verzaubert mit Flöten die Hörer. Krakauer Tauwetter, jemand spielt auf einer geraubten Trompete. Wie könnte Frühlingsluft durch die Flure der Zivilisation wehen? Der Müggelsee lädt zu einer Dampferfahrt ein. Grafiken von Dorothee Arndt illustrieren den Band. Das Köpenicker Lyrikseminar mit der Lesebühne der Kulturen Adlershof ist seit weit mehr als vier Jahrzehnten eine Institution. Für diesen Gedichtband wurden zahlreiche Gäste dazugeladen.

Leseproben: www.umweltdebatte.de